colecţie coord

CW01667944

n'autor

MIHAELA BURUIANĂ (n. 1980, Focșani) este licențiată a Facultății de Limbi Străine din cadrul Universității „Al. I. Cuza" din Iași. E traducătoare literară (a tradus din limbile engleză și franceză în jur de 50 de cărți) și cititoare pasionată (despre lecturile ei mai povestește pe pagina de Facebook „Palimpsest"). A urmat câteva cursuri de *creative writing* și a publicat povestiri în „Literomania", „Revista de povestiri" și Revista „Familia". *Pe cine iubești mai mult?* este volumul său de debut.

n'autor

Mihaela Buruiană

Pe cine iubești mai mult?

NEMIRA

Coperta: Adnan VASILE
Prepress copertă: Alexandru CSUKOR
Redactor: Eli BĂDICĂ
Tehnoredactor: Magda BITAY
Lector: Andreea IANCU

Descrierea CIP a Bibliotecii Naționale a României
BURUIANĂ, MIHAELA
Pe cine iubești mai mult? / Mihaela Buruiană. - Bucureşti: Editura Nemira, 2023
ISBN 978-606-43-1510-6

821.135.1

Mihaela Buruiană
PE CINE IUBEȘTI MAI MULT?

© Nemira, 2023
n'autor este o colecție a Editurii **NEMIRA**.

Tiparul executat de PAPER PRINT INVEST, Brăila.

Orice reproducere, totală sau parțială,
a acestei lucrări, închirierea acestei cărți
fără acordul scris al editorului sunt strict interzise
și se pedepsesc conform Legii dreptului de autor.

ISBN 978-606-43-1510-6

Părinților mei

„in life
one is always
balancing

like we juggle our mothers
against our fathers

or one teacher
against another
(...)
and i've begun
(as a reaction to a feeling)
to balance
the pleasure of loneliness
against the pain
of loving you"

Balances, NIKKI GIOVANNI

PARTEA I

Roșu

E două după-amiaza. Nimic nu strică liniștea cartierului la ora când cei mai mulți părinți sunt la serviciu, iar bunicii își trimit nepoții să doarmă după prânz. Doar copiii cu cheia la gât scapă de somnul obligatoriu. Cami nu stă cu cheia la gât, fiindcă mama ei e acasă, dar nici nu are stare să rămână măcar treizeci de minute cu ochii închiși. Mama, în schimb, cade răpusă pe canapeaua din bucătărie, după cele câteva ore petrecute la școală, cu atâția copii gălăgioși care o strigă mereu „tovarăăășaaa!". Mama e învățătoare. Cami se laudă cu asta de câte ori are ocazia. De ațipit însă nu vrea să audă și nici pe mama n-ar vrea s-o lase. Fiindcă, în somn, fața i se schimbă, gura i se cască ciudat și uneori scoate un zgomot gâjâit, ca o respirație grea, șuierătoare, care pe Cami o sperie. Atunci sare de pe scaunul ei de la masa din bucătărie, unde mama a lăsat-o desenând, și o scutură tare de umăr.

— Trezește-te! Nu muri! Mama! Trezește-te!

Mama întredeschide ochii buimacă și, de acolo, din vis, îi răspunde cu o voce răgușită:

— Gata, nu dorm. Doar închid ochii un pic. Desenează acolo și-mi arăți pe urmă...

Fraza îi rămâne în aer, pleoapele îi cad lent la loc, capul îi alunecă înapoi pe pernă. Respirația ei grea se aude tot mai regulat. Cami se întoarce la masă, dar nu-și reia imediat desenul, ci o mai urmărește o vreme cu atenție, nu cumva să scoată iar sunetul acela oribil. Dacă nu s-ar mai trezi mama... Nici nu poate să ducă gândul până la capăt. Odată, a văzut-o bolborosind așa și apoi rămânând nemișcată. Degeaba a strigat-o și a scuturat-o ea, mama nu s-a trezit. Tata era în delegație și atunci, ca și acum. Nici nu știe când a coborât un etaj până la vecina de dedesubt și a bătut tare în ușă:

— A murit mama! A murit maaamaaa!

Vecina n-a stat pe gânduri. N-a pus întrebări. A urcat în urma ei și s-a dus direct în dormitor. A stropit-o pe mama cu apă și a ajutat-o să se ridice în fund. Cami nu știa ce se întâmplă, vedea numai că mama se mișcă iar, vorbește, îi zâmbește, deși avea un aer chinuit și mâinile îi tremurau. Femeile păreau să se înțeleagă din priviri și nu s-a rostit niciun cuvânt despre motiv. Parcă plutea în aer o cunoaștere adâncă, ce venea din experiențe comune. Vecina a lăudat-o că a făcut bine să o cheme pe ea și a încercat s-o trimită afară la joacă, dar ea nu s-a dezlipit de ușa camerei. Și mama a dat s-o liniștească, uite, a trecut, nu mai plânge, n-o să se întâmple nimic rău. Dar ea tot n-a vrut s-o scape din ochi. Câteva zile după aceea, mama a fost palidă și slăbită, iar vecina a tot venit pe la ele. Pe urmă, mama s-a făcut bine, dar ea a rămas cu spaima asta.

Ia culoarea roșie și umple conturul trasat mai devreme: e rochia prințesei. Îi place să deseneze prințese și rochii și, uneori, pisici și păsări, case și flori. Are un caiet întreg plin cu desenele ei. Mama îi zice că e talentată și că o s-o dea la Casa pionierului când o să fie mai mare. Așa că abia așteaptă să crească, să meargă și ea la școală. Dar trebuie să mai aștepte un an, acum are doar șase și mama a zis că e prea devreme. Să mai copilărească un pic. Chiar și așa, a învățat deja să citească singură, de pe cărți și ziare, iar Mona o învață și engleză.

Mona e vecina de alături, cu doi ani mai mare decât ea și un pic cam băiețoasă. Slabă, tunsă scurt și cu mersul săltat, este prietena ei cea mai bună. Bine, mai este și Lenuș, dar cu Lenuș este cea mai bună prietenă la grădiniță, cu Mona, acasă. În fiecare zi, se întâlnesc fie în fața blocului, fie la Mona. Mama nu le lasă să se joace în apartament, că fac gălăgie și dezordine. „Afară, la soare, alergați, jucați-vă în aer liber, că de aia sunteți copii." Ele se joacă și afară, cu ceilalți copii de vârsta lor, o droaie în cartier, dar în casă sunt numai ele două și își pot spune secrete. Și atunci se duc la Mona, unde e mereu întuneric și miroase a pipi de câine de la bichonul familiei. Cami se străduie să respire pe gură și, după primele minute, nu i se mai pare așa de rău.

S-ar duce și acum să vadă dacă Mona doarme sau vrea să se joace, dar nu poate s-o lase pe mama singură. Trebuie s-o păzească. Se uită la ceasul de pe perete. Atunci când ajunge linia mare la doisprezece trebuie s-o trezească, să-și ia pastila. Acum e abia la zece. Tata a lăsat-o pe ea responsabilă în lipsa lui: să-i aducă aminte să-și ia medicamentele și să n-o supere. Când e plecat în delegație, sună în fiecare seară, să se asigure că e totul bine și că ea o ascultă. În secunda în care aude țârâitul telefonului din hol, Cami aleargă să vorbească și ea cu tata, fiindcă altfel nu are voie să-l folosească. De obicei, privește cu jind cadranul rotund și-și bagă degetele prin găurile din dreptul cifrelor, dar nu ridică receptorul. Nici n-ar avea pe cine să sune acum. Dar când o să fie mai mare, o să vorbească toată ziua la telefon cu prietenele ei. Odată, când se juca de-a centralista, a ridicat totuși receptorul și a auzit o voce, însă mama i-a zis să-l lase repede la loc, că e cuplajul și o s-o certe vecinul. Așa că atunci când sună tata, e sărbătoare: ea-i răspunde că e cuminte și-l întreabă când se întoarce și ce-i aduce. El râde și îi zice de fiecare dată că e surpriză.

Rochia e gata, mai are de desenat coroana și poate-i face și niște flori în mână. Ridică hârtia, s-o admire mai de departe. În poziția asta, pare că rochia prințesei este o pată roșie pe rochia mamei. Ca atunci, demult, când a murit. Își mută mâna și își dă capul pe spate. Acum rochia vine în prelungirea capului mamei. E adevărat că e un cap mare pe un corp mic, dar, dacă-și mijește ochii, nici nu se observă. Își închipuie că mama e Albă-ca-Zăpada, iar ea e prințul care o găsește în pădure. Sau că mama e Frumoasa din pădurea adormită, iar ea, prințul care trebuie s-o trezească cu un sărut.

Când limba mare a ceasului ajunge la doisprezece, Cami se ridică de la masă și se apropie de canapea. În mintea ei, tocmai a coborât de pe un cal alb și a zărit-o pe prințesă întinsă. E atât de frumoasă! Câteva secunde, doar o admiră așa, apoi se apleacă și, încet, delicat, îi lasă un sărut pe buze. Acum ar trebui ca prințesa să deschidă ochii și să exclame surprinsă „Vai, ce mult am dormit!". Sau să se ridice și din gât să-i sară mușcătura de măr otrăvit de mașteră. După aceea, să trăiască fericiți până la adânci bătrâneți. Numai că prințesa ei nu se trezește. Are în continuare ochii închiși, iar dinspre gura ușor căscată nu se aude niciun zgomot. Pata roșie de pe hârtie se face tot mai mare și se întinde peste hainele mamei, înghite canapeaua, o acoperă și pe ea și, în scurt timp, inundă toată bucătăria. Cami țipă și o scutură cu toată puterea ei de copil. De pe canapea, mama răspunde răgușit:

— Ce e? Gata, m-am trezit, că m-ai și speriat.

Între blocuri

E sfârșit de iulie și amorțeala de după-amiază a cartierului e spartă treptat de strigătele copiilor care au ieșit la joacă. Fetele s-au adunat iar în fața grădiniței înconjurate de blocuri ca de un zid de apărare. Pe treptele ei, e locul obișnuit de întâlnire. Acolo hotărăsc ce să joace, care dintre ele să formeze pereche sau echipă, cine e primit în gașcă sau cine e exclus.

Andra, ochelarista de la doi, Lenuș, de la parter, și Cătălina Grasa au format un semicerc. Lângă ele au tras-o și pe fata aia nouă, Dana, care stă ușor cocoșată și parcă nu știe unde să-și țină mâinile. În fața lor, Dorina, care e în clasa a cincea și cea mai mare dintre ele, pare că le-a scos la lecție. Băieții sunt mai încolo, pe maidan, joacă *Pac-Pac*.

— *Țările*! propune Andra și-și împinge ochelarii care îi alunecă mereu spre vârful nasului.

— Sau *Țară, țară, vrem ostași!* se repede Cătălina, de care nu trece nimeni.

— Suntem prea puține! le atrage atenția Dorina.

— Atunci *Prinselea!* îndrăznește Lenuș, fiindcă știe că aleargă repede și cu greu o prinde cineva.

— N-am chef, e prea cald, hotărăşte Dorina şi-şi face aer cu un gest leneş.

— Hai *Castel* atunci! propune Dana.

— Tre' să fim echipe egale. Ne mai trebuie un om, le explică Dorina dându-şi ochii peste cap.

Se uită toate în jur, căutând din ochi vreun copil rătăcit pe care să-l cheme: vreo fată ieşită mai târziu afară, vreun băiat mai bleg care nu s-a dus la împuşcături cu ceilalţi. În afară de ele şi de puştii care strigă din toţi rărunchii *pac-pac, te-am lovit, eşti mort*, nu mai e nimeni pe străduţele şi maidanul dintre blocuri. Ridică din umeri resemnate şi oftează scurt, cu privirea coborâtă în pământ. Se gândesc din nou.

— Poate *Flori, fete sau băieţi?* zice iar Andra.

— Iar ăsta? M-am plictisit de el.

— Atunci *Împărate, împărate, cât e ceasul la cetate?*

— Ăsta-i pentru copii mici, decretează Dorina.

Câte o maşină trece încet pe strada îngustă şi ele se opresc să o urmărească până când dispare din vedere. În cele din urmă, se aşază pe balustradele late de ciment care străjuiesc treptele cartierului general. Căldura zilei s-a mai înmuiat, dar verile sunt înăbuşitoare în orăşelul lor de câmpie. Lenuş profită de momentul de lâncezeală să o studieze mai îndeaproape pe Dana. Fata asta mutată de curând în blocul lor o fascinează. E înaltă şi roşcată, cu faţa plină de pistrui de parcă ar fi stropit-o cineva cu o pensulă. Îi aduce aminte de Morcoveaţă sau de Pippi Şoseţica, pe care i-a văzut desenaţi în cărţile ei de poveşti. Are braţe şi picioare lungi, la pantofi probabil poartă deja mărime de adult, iar pielea ei e albă. Lenuş o observă visătoare. Ea e cea mai scundă dintre copiii de vârsta ei din cartier. Şi la şcoală e tot ultima în șir, când îi pune doamna învățătoare să se alinieze pentru ora de sport. Dacă ar fi și ea înaltă ca Dana, n-ar mai privi-o toți de sus. Poate mai crește cu timpul, deși mămica i-a spus că nu prea are cu cine să semene altfel, că și ea, și tăticu sunt mici de statură. Dar că nu înălțimea contează, important e ce ai în cap.

Amintindu-și asta, Lenuș își ridică privirea spre capul Danei. E ceva acolo care o atrage de prima oară când a văzut-o: ochiul drept îi zvâcnește periodic de parcă fata tocmai a spus vreo glumă și, făcând ștrengărește din el, o ia și pe ea complice. Îi urmărește pleoapa cu gene spălăcite cum se strânge cu un spasm și coboară rapid peste irisul căprui, apoi se deschide și se relaxează la loc. O dată, de două ori, de trei ori. Acum, că a prins ritmul, așteaptă cu sufletul la gură zvâcnirea, parcă temându-se de fiecare dată că o va rata. Fără să-și dea seama, propriul ochi drept începe să-l imite pe celălalt. Mai întâi timid, doar mimând închiderea, după care din ce în ce mai hotărât, sincronizându-se cu al fetei. Zâmbește bucuroasă de descoperire și se duce lângă ea, să-i arate.

— Dana, ia uite! zice clipind tare, în același ritm cu ea.

Numai că, în loc să fie încântată, fata se încruntă.

— Te rog să încetezi imediat! se răstește cu o forță pe care nu i-ar fi bănuit-o.

La replica asta de om mare, lui Lenuș îi piere zâmbetul și, câteva secunde, rămâne nemișcată. Mintea ei se chinuie să priceapă de ce s-a supărat Dana, că doar ea nu voia decât să-i arate că sunt la fel. Cealaltă însă nici nu o mai bagă în seamă, iar roșul părului i-a coborât pe față, pe gât, ba chiar și pe brațe. Zbuciumul pleoapei pare brusc amenințător, iar aerul, sufocant. Tricoul i s-a lipit de spate. Ar spune ceva, dar nu știe ce. E ca atunci când a certat-o mămica de față cu musafirii, deși ea n-a vrut să spargă farfuria, ci doar să ajute la aranjatul mesei. Fetele au tăcut și urmăresc scena de pe cimentul fierbinte. Lenuș lasă capul în jos și, fără un cuvânt, o ia la fugă spre casă.

Se întoarce peste câteva minute, cu o sclipire nouă în privire. Tot ștrengară, ca ochiul Danei, numai că de data asta nu mai imită, are și ea secretul ei. Se apropie de fata roșcată și deschide gura larg, lăsând la vedere un model complicat de sârme cenușii care-i acoperă dinții strâmbi. Ar vrea să-i spună că și ea are ceva de care copiii râd uneori; că din cauza asta nici nu poartă aparatul când merge la școală sau iese la joacă, ci numai în casă sau noaptea, când nu o vede nimeni; că-i pare rău, n-a vrut s-o supere. Dar nu spune nimic din toate astea, doar stă așa, cu gura căscată într-un rictus înmărmurit, și așteaptă.

Dana stă de vorbă și nu o vede de la început. Când, în sfârșit, o zărește cu coada ochiului bun, își îndreaptă doar puțin capul spre ea, dar se sucește imediat la loc, parcă și mai jignită de strâmbătura ei. Lenuș își dezgolește și mai tare gingiile, ca și cum în cei câțiva dinți strâmbi și în sârmele care apasă pe ei până când îi dau lacrimile stă toată explicația pe care ea nu e în stare s-o pună în cuvinte. Dar nici Dana, nici celelalte nu înțeleg. Dorina îi aruncă un „Ce rânjești așa, ca o maimuță?“, iar fetele izbucnesc în râs la unison. Apoi îi întorc spatele și își văd de ale lor. Au lăsat deoparte jocurile și stau ciorchine în jurul Dorinei. Aceasta tocmai le arată un pian mic cât palma, care cântă singur. Apasă expert pe diferite butoane și le dă să asculte, explicându-le cu un aer cunoscător că este muzică clasică.

Rămasă pe a doua treaptă, în afara grupului, Lenuș strânge din buze până când sârmele îi pătrund în carnea moale și lasă urme adânci, neregulate. Își trece limba peste ele și simte un gust sărat, familiar. A făcut gestul ăsta de atâtea ori, încât știe că, de la un punct încolo, durerea aceea ajunge să-i placă. Trec câteva secunde – minute, poate? Picioarele se mișcă fără ea, fac câțiva pași în spate. Treptele îi par mai late, blocurile din jur, mai înalte. Contururile mașinilor parcate, ale copacilor și ale fetelor devin tot mai neclare. Ca să-și alunge ceața din ochi, îi închide și se învârte pe trotuarul din fața grădiniței. Fustița lambada croșetată de mămica se ridică și face valuri-valuri în jurul ei. Culorile se amestecă, se ondulează, se topesc unele în altele, până când formează o elice care o înalță încet spre cer. De acolo, clădirile și oamenii se văd mici, mici, doar vocile băieților se mai aud înfundat: *pac-pac, ai murit!*

Caietul

S-a sunat de intrare. De pe hol și din curtea școlii, elevii dintr-a VI-a A intră în clasă. Au ora de română cu proful cel nou. În banca a doua de la geam, Lenuș și-a scos caietul de teme pe pupitru și așteaptă. Coperta albastră, lucioasă, pe care și-a scris numele cu litere de tipar îngroșate – ELENA BARBU –, s-a umezit deja sub palmele ei. Și le șterge pe rând de fusta neagră, lungă până la genunchi, și le așază la loc. Speră doar ca transpirația să nu-i îngălbenească subsuorile cămășii albe.

Mama oftează mereu că la ședința cu părinții s-a hotărât ca toți copiii să poarte cămăși albe și fuste negre – fetele – sau pantaloni negri – băieții. Unii au comentat atunci că, gata, s-a dus vremea pionierilor, când copiii erau obligați să se îmbrace în uniformă, dar majoritatea a decis: decât să vină cu buricul gol la școală, mai bine așa, să aibă o structură, disciplină, că altfel își iau lumea în cap; libertatea asta de după Revoluție e prost înțeleasă, dom'le! Iarna mai au voie și fetele să vină în pantaloni și băieții întorc capul după ele, încercând să vadă rotunjimi și forme care abia așa ies în evidență. Câte unii mai îndrăzneți comentează pe înfundate, apoi izbucnesc în râs. Spre exemplu, de Cătălina se leagă mereu că are fundul mare, iar de Andra, că-i atât de slabă, încât pare că nici nu are fund. Oricum ai da-o, nu e bine. Pe ea nu prea o bagă în seamă, deși odată, când s-a întors de la tablă, Bogdan, din fața ei, i-a zis să mai vină în blugi elastici, că-i stă bine. Ea s-a fâstâcit toată și n-a știut ce să-i răspundă. Noroc că profesoara l-a scos și pe el la lecție, ca să nu mai vorbească neîntrebat. Restul orei, n-a mai fost atentă: i-au tot răsunat în minte cuvintele lui, de a și uitat de zecele pe care-l luase mai devreme.

Uite cum îi fug gândurile! Își șterge iar palmele și își ridică ușor coatele, ca să lase aerul să-i pătrundă la subraț și s-o mai răcorească. Numai că, fiind treizeci de copii în clasă, aerul e cam înăbușitor. Aruncă o privire spre cea mai apropiată fereastră. S-ar duce s-o deschidă, dar știe că se înțepenește și e nevoie de două mâini ca să tragă de ea, și nu vrea să-și lase tema nesupravegheată. Alături, Cami încă scotocește în geantă după manual și caiete. Sunt colege de bancă de șase ani și așa face la fiecare oră: și le scoate în ultimul moment, asta dacă nu cumva are de copiat vreun exercițiu în pauză. Atunci o roagă pe Lenuș să-i dea și ei repede să scrie, având grijă să greșească vreo literă la franceză sau vreo cifră la mate, ca să nu dea de bănuit. Pentru azi n-a avut ce să copieze, fiindcă a fost temă liberă: fiecare trebuia să vină cu o compoziție proprie – o poezie, o compunere, o creație personală – care să spună ceva despre ei. Când le-a explicat ce au de făcut, profu' ăsta nou a zis că așa o să poată să-i cunoască mai bine, să știe cine sunt ei în afara școlii. Din toată clasa s-au auzit oftaturi și „Nuuu!"-uri prelungi și disperate. Nu era de ajuns că li se schimbase profesorul de română după un an, acum mai trebuia să facă și pe artiștii! Popeasca le dicta comentarii și se uita pe pereți când le preda. Rămânea cu ochii pierduți deasupra tablei, de parcă voia să se asigure că Tovarășul aprobă de acolo, din portret. Între timp, locul tabloului a rămas gol, doar urmele se mai văd, dacă te uiți atent. La lucrări sau la teze luau note mari, dacă scriau ce le dictase ea, dar profu' ăsta tânăr a venit cu idei noi. Ghinionul lor că Popeasca s-a îmbolnăvit! Totuși, domnul Sandu e înalt și frumos, brunet, cum îi place ei, și nu vine îmbrăcat la costum, ca ceilalți profesori, ci în blugi și cămașă, peste care uneori poartă un sacou. Poate și de-asta Lenuș a stat aseară până târziu să copieze pe curat, cu litere mari, rotunjite, poezia.

Pe rândul din mijloc, grupul fetelor populare încă n-a terminat de pălăvrăgit. Băieții s-au adunat grămadă în jurul lor, ca de obicei. Lenuș îi observă pe furiș, cu un amestec de curiozitate și invidie. Unul dintre ei, Marius Negulescu, se întoarce spre ea și-i aruncă:

— Ce te tot uiți? Vrei cinci lei?

Lenuș se înroșește și-și mută rapid privirea. Îi e ciudă că a fost prinsă și că iar nu are vorbele la ea. Așa pățește întotdeauna și se perpelește apoi minute, ore sau zile în șir să găsească replica potrivită, dar mereu e prea târziu. Acum se preface indiferentă, ba chiar ofensată că a fost acuzată pe nedrept. Dar nu o mai bagă nimeni în seamă, să-i vadă indignarea. Oftează și se uită iar spre ușă. Cami și-a scos, în sfârșit, manualul și caietele. Lenuș știe că urmează întrebarea pe care a evitat-o toată dimineața, așa că întreabă ea prima, ca să mai câștige timp:

— Tu ce-ai scris?

Cami face ochii mari și-și duce mâna la piept, prefăcându-se uimită.

— *Je* să scriu? Așa mă știi tu pe mine?

— Păi, și ce faci? Că ne cere caietele.

— *Ma chère*, eu m-am exprimat artistic, dar în creion.

Adevărul e că de la grădiniță a fost talentată la desen. Pe vremuri a fost și la Casa pionierului, care mai nou se numește Clubul copiilor, și vrea să dea la Liceul de Arte. Lenuș se uită la blocul de desen deschis pe bancă și încearcă să deslușească toate liniile și umbrele care alcătuiesc autoportretul. Nu e un desen simplu, dar nici Cami nu are o personalitate chiar ușor de ghicit.

— Ia dă să văd ce-ai făcut tu!

Lenuș apasă mai tare cu palmele pe coperta albastră. Cami e prietena ei și o cunoaște bine, dar parcă tot nu îndrăznește să-i arate. De obicei, Cami e artista, iar Lenuș, prietena ei conștiincioasă și cu picioarele pe pământ. O singură dată era să schimbe și ea tabăra: îi căzuse cu tronc o chitară roșie, care îi tăia răsuflarea ori de câte ori trecea pe lângă vitrina magazinului universal din centru. Se tot rugase de părinți să i-o cumpere, dar era cam scumpă și ai ei nu o duceau grozav cu banii. Sperase că o s-o primească de Crăciun, dar când a găsit întâmplător, în raftul de jos din șifonier, niște portocale și o pereche nouă de pijamale, a înțeles că trebuie să se resemneze. Pe urmă a venit Revoluția și au uitat cu toții de chitară. Au urmărit zile la rând ce se transmitea la televizor, iar uneori mama și tata se închideau în bucătărie și șușoteau acolo. Atâta timp cât erau amândoi acasă cu ea, nu i-a fost frică. Nu s-a speriat nici măcar când i-a văzut pe Ceaușești împușcați, desfigurați de gloanțe. Numai când crainicul a anunțat că se îndreaptă spre România avioane de luptă pline cu teroriști a început să plângă și a îngăimat printre suspine „E război!". Mama a încercat în zadar s-o liniștească. Abia peste jumătate de oră, când tata a intrat în dormitor cu o cutie mare în brațe, i s-au uscat lacrimile. Era chitara roșie din vitrină! Nici nu știa de ce să se bucure mai tare: de visul ei împlinit sau de faptul că tata înfruntase pericolele gloanțelor pentru ea. De atunci, îi spunea mereu că e eroul ei. Chitara, în schimb, a rămas nefolosită pe un scaun, în colțul camerei. Lenuș nu avea ureche muzicală.

De data asta, însă, a vrut să-i facă impresie bună profului cel nou. Și-a stors creierii și a încercat de câteva ori să scrie ceva, dar a rupt pe rând toate paginile. A rămas apoi cu foaia albă în față și cu capătul pixului între dinți, privind lung și înciudat pe fereastră. Târziu în noapte, când îi picau pleoapele de somn, a găsit soluția. Acum, poezia e numai pentru dom' profesor. Tocmai întoarce capul spre colega de bancă, să bâiguie o scuză, când caietul îi este smucit de sub mâini. Până să se dezmeticească ea, Marius a fugit deja în spatele clasei, unde s-a urcat pe ultima bancă și, cu un picior înainte și un braț ridicat, declamă plin de patos, ca nu demult la *Cântarea României*:

O dimineață,
O floare,
Un fluture mort,
O rază de soare,
Un fluture mort,
O idee pierdută,
Vis neîmplinit,
Primăvară neîncepută.
Râd, plâng, alerg spre lumină,
Mă împiedic și cad,
Dar n-am nicio vină.
Mă ridic și alerg,
Alerg către soare,
Dar soarele ce-i?

E o beznă prea mare
În care nu pot
Distinge nimic,
În care mă simt
Tot mai mic.
Dar, dacă aș avea o scânteie,
Mi-aș aprinde făclie,
Lumina aș face
Să reînvie.[1]

Lenuș își simte obrajii fierbinți și îi vine să plângă. Prostul ăsta n-are niciun drept să citească versurile în fața clasei fără voia ei. Îi urăște pe toți cei care râd, niște idioți, nu înțeleg nimic, nimic... Printre râsetele celor din jur, se întinde să-și ia caietul înapoi, dar nu ajunge. Marius se ferește cu îndemânare. Cami s-a dus pe partea cealaltă și l-a încolțit. Îl trage de picioare și-l dezechilibrează. Tocmai pune mâna pe caiet, când zarva din clasă amuțește brusc. În spatele lor, profu' de română îi urmărește sever. Marius coboară de pe bancă și mormăie un „Mă scuzați!". Cami rămâne cu caietul în mână, nesigură dacă să i-l dea prietenei ei sau profului, care a întins mâna spre ea. Autoritatea învinge loialitatea. Se întorc amândouă în bancă, iar domnul Sandu, în urma lor, înaintează spre catedră ținând catalogul într-o mână și servieta și caietul în cealaltă.

---

[1] Am găsit versurile când eram copil, scrise de mână într-un caiet, și le-am ținut minte, fără să știu vreodată cui aparțineau. Bănuiesc că au fost copiate dintr-o carte. M-am gândit să inventez o poveste în jurul lor și, poate așa, dacă nu aflu de unde provin, măcar le dau o viață nouă. (n.a.)

— V-am spus că, de obicei, nu întârzii, deci dacă se întâmplă o dată să vin mai târziu înseamnă că am avut un motiv întemeiat. Nu vreau să dărâmați școala în timpul ăsta, nu vreau să vă cățărați pe bănci și să țipați și în niciun caz nu vreau să vă necăjiți între voi. Așa că să nu se mai întâmple! Ne-am înțeles?

Treizeci de perechi de ochi îl privesc în tăcere din clasă. Douăzeci și nouă, fiindcă Lenuș și-i ține pe ai ei în pământ, strângându-i tare ori de câte ori simte că i se umezesc pe la colțuri.

— Ne-am înțeles? repetă profu' mai tare și, de data asta, răspunsurile vin în cor.

Unele capete se întorc spre Lenuș, altele se uită spre catedră. Cami o strânge de mână pe sub bancă și-i șoptește:

— Ce cretin e Negulescu ăsta! Să vezi ce-i fac în pauză!

Lenuș ridică din umeri și clatină vag din cap. O crede în stare, dar oricum e prea târziu acum.

— Bun! zice domnul Sandu bătând din palme. Să revenim la ale noastre! Vă rog să lăsați caietele cu tema pentru azi la marginea băncii, iar Marius, dacă tot e așa energic, o să treacă pe la fiecare să le strângă.

Băiatul se ridică cu un aer ștrengar și își intră în rol. Adună neglijent caietele de pe un rând, le duce la catedră, apoi trece la următorul. Când ajunge în spatele clasei, se face că le scapă pe toate pe jos, stârnind iar râsete.

— Ce clovn! mormăie Cami.

Profu' nu intervine. Lenuș observă că are deschis în față caietul albastru. Citește poezia. Când ajunge în dreptul ei, Marius își duce o mână la inimă și se face că leșină. Cu pumnii strânși sub bancă, Lenuș se încruntă la el. *Doamne, ce enervant e!* Bogdan se întoarce spre ei și se uită lung, dar nu zice nimic. *Și ăsta ce-o mai vrea?* După ce și ultimele teme sunt depuse pe catedră, domnul Sandu închide și el caietul și se ridică. Lenuș îl urmărește cu atenție, sperând să-i surprindă privirea, să găsească un indiciu, un mesaj, ceva. Dar chipul lui este impasibil. Nici nu se uită în direcția ei. În schimb, se adresează întregii clase:

— Mulțumesc. Le iau acasă și le discutăm data viitoare. Azi vorbim despre textul liric...

E clar, nu i-a plăcut. Și s-a mai și făcut de râs față de toți colegii, să vezi ce răutăcioși o fie cu ea în pauză! Sau poate... Dacă...? O, Doamne, ce-o fi fost în capul ei? Mai bine lăsa pretențiile artistice în seama lui Cami și ea-și vedea de ale ei.

Profu' continuă să vorbească, dar Lenuș îl aude înăbușit, ca și cum spațiul dintre ei ar fi umplut cu vălătuci albi de bumbac. Rumoarea din clasă s-a stins și în aerul dimineții plutește ceva nedefinit, nu doar praful de cretă, nu doar particulele de praf care strălucesc în razele soarelui intrate pieziș pe ferestrele înalte, ci o suspendare, o amorțire. Cami mâzgălește niște petale mari pe blocul de desen, frunzele cad leneș din castanul din fața școlii, până și Bogdan își sprijină capul cu o mână, moleșit. Lenuș se simte ca o omidă care s-a împotmolit în stadiul de crisalidă. Un firicel de umezeală i se scurge pe spate, poticnindu-se de marginea strânsă a chiloților, și coboară mai mult, până când se unește cu dedesubturile lipicioase ale pulpelor. I se pare că e udă din cap până în picioare și îi vine să se scurgă printre scândurile dușumelei, ca să dispară odată, dar rămâne țintuită pe scaun, fixând ceasul de pe perete.

Când, în sfârșit, sună de ieșire, țâșnește în picioare și o ia la fugă printre bănci și prin fața tablei, cu cămașa și fusta formând la spate un A întunecat, ca un însemn al rușinii. În hohotele și strigătele de râs ale copiilor, iese din clasă lăsând ușa larg deschisă în urmă. Din ghiozdanul pe care, în goana ei, l-a agățat din greșeală, a căzut un caiet vechi, rufos, pe a cărui copertă colorată scrie mare „CAIET DE AMINTIRI 1969“. S-a deschis unde avea semn. Pe o pagină îngălbenită de trecerea timpului, cu litere mici și negre, aplecate, se văd versurile: *O dimineață, o floare...*

Covorul

Când crede că nu o vede nimeni, Cătălina se uită la bara de covoare, unde Ionuț lovește cu sete un persan mare și decolorat. Mușchii brațelor i se umflă pe ritmul pocnetului și al ecoului: POC-poc-poc, POC-poc-poc! Praful se ridică în nori mici și înecăcioși, care se risipesc în aerul nehotărât de primăvară: deși strălucește soarele, frigul iernii încă nu s-a înmuiat de tot. După câteva lovituri, Ionuț schimbă mâna, dar cu dreapta nu rezistă prea mult, că e stângaci. POC-poc-poc, POC-poc-poc!

— Cătălinaaa! Hai odată, că e rândul tău.

— Da, fată, stai că mă gândesc!

Acum nu se mai adună pe treptele grădiniței, nici nu se mai alcargă în jocuri de copii mici. Stau în fața blocului, mai mult de vorbă, iar uneori, ca acum, joacă *Flori, fete sau băieți*. Dorina și Andra sunt în fața ei și o așteaptă să aleagă un număr.

— Ăăă, trei.

Trei e numărul ei norocos, s-a născut pe trei a treia. După-amiaza, după ce vine de la școală, stă cu ochii pe ceas, dar se preface că se uită numai din întâmplare, ca să prindă exact ora trei. Dacă reușește, îi merge bine. În ultima vreme, tot caută să se uite la fix, indiferent de oră, și atunci declară mulțumită: „Mă iubește!“

— Ai ghicit. Ce alegi?

— Ăăă, băieți, răspunde ea îmbujorându-se puțin.

— Gata, știu, știu, zice Dorina, trăgând-o tare pe Andra după ea, ca să aleagă fiecare câte un nume.

Cătălina mai aruncă o privire spre bară. Ionuț s-a mutat în partea cealaltă și pocnetul paletei pe covorul gros continuă, în ritmul inimii ei. POC-poc-poc, POC-poc-poc.

— Ionuț sau Rareș? se aude tare întrebarea Dorinei, care nu-și poate stăpâni o chicoteală.

— Ăăă, se face ea că se gândește, ca și cum, de fapt, nu i-ar plăcea niciunul și ar fi nevoită să aleagă una din două rele.

Râsetele fetelor se întețesc. Dorina strigă spre vecinul lor: „Cătălina te-alege pe tineee!“, dar el e prea ocupat și nu aude. Sau nu le bagă în seamă, că-s puștoaice față de el. Cătălina se supără.

— Să știi că nici nu-mi place de el. Îl aleg pe Rareș, uite așa, na!

Fiindcă ea propusese numele fratelui ei mai mic, Andra face acum echipă cu Cătălina. Fetele se gândesc la un număr care n-a mai fost ales, dar dinspre bară se aude vocea groasă a băiatului. O cheamă. Cătălina îndreaptă arătătorul spre sine și ridică sprâncenele a mirare. Sigur cu ea are treabă? Da, vino încoace! Se desprinde de Andra ca prin vis și se duce spre el, străduindu-se să nu alerge. Obrajii îi ard și nu știe dacă să se apere dinainte, dând vina pe glumele proaste ale Dorinei, sau să aibă răbdare ca să vadă ce vrea el.

Ionuț o măsoară din cap până-n picioare și o întreabă:

— Mă ajuți să strâng covorul și să-l duc în casă? Vezi că-i greu!

Cătălina doar dă din cap că da, parcă nu-și mai simte limba. Își suflecă mânecile și se duce într-un capăt, de unde începe să răsucească. Din când în când, aruncă o privire grăbită la marginea cealaltă, să se asigure că face cum trebuie. El are o expresie serioasă și concentrată, nu se uită la ea. Când sulul e gata, îl prinde la subsuoară. Face și ea la fel și pornesc în tandem spre scara B. Nu e mare distanța, dar covorul parcă o trage în jos. Îl simte aspru pe pielea ei fină și, când îl smucește puțin ca să-l prindă mai bine, vede că i-a lăsat dungi roșii pe brațul dezgolit. Fetele din grup strigă, râd și trimit bezele. Cătălinei îi vine să intre în pământ de rușine. Grăbește pasul, să nu le mai audă. Să vezi ce le face pe urmă!

Ajung în fața blocului și urcă cele câteva trepte. Trec cu greu de ușa grea, metalică, iar la baza scărilor se opresc. Ionuț stă la etajul patru. Lift nu este. Cătălina se uită în sus la casa întunecată a scării și trage aer în piept. Ionuț a urcat deja primele trepte, așa că este trasă aproape fără voie în urma lui. Răsuflă din ce în ce mai greu, dar nu se lasă. Parcă niciodată nu i s-a părut așa de departe ultimul etaj. Când ajung la doi, îi tremură picioarele. Și sunt abia la jumătate. I-ar zice să mai facă o pauză, măcar să schimbe brațul, că ea e dreptace, dar Ionuț pare că nici nu simte greutatea. Ce mușchi are! Și ce frumos e! Și a ales-o pe ea. Cu colțurile gurii zvâcnindu-i într-un zâmbet, mai face un efort. Când, în sfârșit, ajung în fața apartamentului 40, Cătălina are răsuflarea întretăiată, fața roșie și spatele ud. Gura însă i s-a lățit de fericire, fiindcă are ocazia să fie cu el. E curioasă cum arată camera lui, ar vrea să vadă unde doarme, ce muzică ascultă, ce filme îi plac, ce –

— Mersi, zice el scurt, întrerupând-o din visare, și proptește covorul de unul dintre pereții holului.

— Îmi aduci un pahar cu apă? întreabă ea. Mi-e cam sete, îi explică ridicând dintr-un umăr și zâmbind.

Ionuț lasă ușa de la intrare întredeschisă și intră în bucătărie, de unde se aude zgomot de vase și vine miros de cartofi pai. Cătălina se felicită că i-a venit ideea cu apa. Așa, poate să mai stea pe aici, poate rămân puțin de vorbă. Își așază bretonul și își netezește bluza pe sânii deja mari pentru o fată de clasa a șaptea. Alți băieți o necăjesc din cauză că este atât de dezvoltată și o fac balenă. Nici Andreea, sora ei mai mare, nu o scutește de insulte, dar Ionuț nu a râs niciodată de ea. Ba odată a întrebat-o de ce poartă mereu numai pantaloni, că are picioare frumoase și ar trebui să le arate. Ea s-a intimidat și a zbughit-o în casă, unde s-a îmbrăcat cu singura fustă pe care o avea. Soră-sa a văzut-o și a pufnit în râs, zicându-i că are picioarele ca niște cârnați și că, în locul ei, ea n-ar ieși așa în lume. Numai că Andreea nu are cum să fie în locul ei, fiindcă e slabă și frumoasă, nu grasă și urâtă, ca ea. Până la urmă, și-a făcut curaj și a ieșit, cu inima bubuindu-i în piept, dar Ionuț plecase. I-a părut rău, ar fi vrut s-o vadă și el așa și să-i placă de ea în fustă.

Acum, Ionuț vine la ușă și-i întinde un pahar cu apă.

— Uite! Bea încet, că-i rece.

Cătălina ia o înghițitură și gâtul parcă îi este înțepat de o mie de ace. Se uită la băiatul ăsta și încă nu-i vine să creadă că e singură cu el, așa că, în tăcerea care se lasă, se trezește întrebând:

— Cum de m-ai chemat pe mine să te ajut cu covorul?

Își roade buzele și se mută de pe un picior pe celălalt. Dacă-i spune că și lui îi place de ea? Doamne, ce fericită ar fi!

— Păi, aveam nevoie să mă ajute cineva să-l car și tu erai cea mai... puternică dintre toate fetele alea.

Ca să-și alunge furnicăturile din ochi, Cătălina îi strânge tare și ridică paharul la gură. Îl bea pe tot, aproape dintr-o suflare, iar senzația de gheață îi sfâșie gâtul și se duce mai sus, în frunte, unde se sparge în cioburi mici și ascuțite, ca o oglindă.

Compunere

— Tudoricăăă! strigă mamaie din bucătărie, unde, cu mânecile suflecate până la coate, amestecă de zor compoziția de sarmale.

Tudorică e tataie și nu răspunde pentru că e la birou, în capătul celălalt al apartamentului. Scrie. Cu halatul de baie strâns bine peste puloverul pe gât și cu ochelarii cu șnur ținuți în vârful nasului, apasă cu degetele arătătoare pe tastele laptopului. Țac. Țac. Țac. Pauză, semn că iar nu mai știe unde e „ă"-ul. Și doar i-a arătat mami de atâtea ori! Ba chiar îi lipise și hârtiuțe pe taste, ca să nu mai uite, dar s-au dezlipit. Țac. L-a găsit. Țac. Țac.

Mami e nora lui tataie și a lui mamaie. Cât e ea plecată la serviciu, Adiță stă cu ei. La șase, îl ia mami și rămân doar ei doi până a doua zi dimineață, când o ia de la capăt: școală, mamaie și tataie, acasă. Tati e în Italia, la muncă, vorbește cu el numai la telefon, dar a promis că data viitoare când vine îi aduce o jucărie. El i-a zis că mai bine o tabletă, că toți copiii de la școală au tabletă. Tati a râs și a zis hopa, ce mare te-ai făcut deja, gata cu jucăriile? Mami l-a mângâiat pe cap și l-a trimis de acolo, că voia să vorbească singură cu tati. Nu mai știe cum a rămas, dar el speră să o primească de Crăciun.

— Tudoricăăă! Ia vino-ncoa'! se aude iar vocea lui mamaie, mai tare de data asta, dar tot niciun răspuns.

Aroma de ciorbă de pui a umplut tot apartamentul de trei camere de la parter, în care de obicei miroase vag a mucegai. El știe cum arată mucegaiul: odată, când a rămas să doarmă la ei, mamaie i-a trezit pe toți cu noaptea în cap, zicând că ea nu mai poate să respire, și s-a apucat să caute prin toată casa. L-a chemat pe tataie și amândoi au tras dulapul mare din dormitor și biblioteca de pe hol, cu icnete și șoapte, să nu deranjeze vecinii. Bine, tataie bodogănea că ce, acum a apucat-o, nu putea să aștepte măcar până la ziuă, dar ea l-a repezit, hai mai repede, că se îmbolnăvește și copilul. La asta, tataie n-a mai avut ce să zică și a mai împins o dată, până când mamaie a zis gata, că am loc să șterg. Atunci a văzut și el pe spatele mobilei și pe pereți niște pete negre și scârboase, care miroseau urât și pe care nu avea voie să le atingă. Mamaie l-a pus pe tataie să aducă soluția specială din baie, dar tataie nu a găsit-o și mamaie l-a certat că niciodată nu găsește nimic. Pe urmă a mai zis ceva, că dacă era nu știu ce acolo, sigur o vedea, dar el n-a înțeles ce și tataie a zis vezi cum vorbești, că te-aude ăsta mic! Mamaie s-a dus boscorodind în baie, de unde s-a întors cu o sticlă cu pompiță, iar pe el l-a trimis înapoi în pat, să mai doarmă, că-i devreme.

— Mă Tudorică! De ce nu vii când te strig? Ce tot faci aici? dă ea buzna în dormitor.

— Hm? tataie ridică speriat ochii din ecran și o privește pe deasupra ochelarilor. Ce vrei, tu? Lasă-mă în pace când am treabă. Ți-am zis de atâtea ori să nu mă deranjezi când scriu.

— Ia mai lasă-mă cu scrisul tău! Marele scriitor, ce să spun! își dă mamaie ochii peste cap.

— Eh, ce știi tu? Viața mea e un roman! își zice el replica preferată.

— Mai bine închide ăsta, să nu mai consumi curentul degeaba, și adu-mi niște varză murată din balcon, că n-am cu ce să fac sarmalele.

— Da' de ce nu-ți iei singură? mormăie el și dă să se întoarcă la laptop.

— Și de mâncat, tot singură o să mănânc, dacă nu-ți ridici fundu'. Ia uite la el! Toată ziua-bună ziua stă țeapăn pe scaunu' ăla, de zici că-și dă doctoratu' la pensie.

Asta cam așa e. Că și Adiță, când vrea să se joace împreună, e trimis la plimbare. Du-te și joacă-te singur, că tataie are treabă acum, așa îi zice. El îi mai dă târcoale, curios, dar tataie cică nu poate să se concentreze dacă nu are liniște. Atunci el se bosumflă, că doar face liniște, numai mașina mai scoate câte un huruit în cursele ei pe sub picioarele biroului. Și îl mai întreabă din când în când ce scrie, dacă sunt povești pentru copii, dacă îl bagă și pe el în poveste, dacă apare și mami, dar mamaie, dar... Atunci tataie se ridică încovoiat de la birou, pufnind și scârțâind din toate încheieturile, se îndreaptă cu greu de spate și îl ia de mână. Îl duce așa în sufragerie, unde mamaie își urmărește serialul coreean, și îi zice ține-l tu, că eu am treabă. Ea nici nu întoarce capul, că tocmai se ceartă unii pe ecran, așa că rămâne și el cu privirea pironită acolo. Își trage de colțurile ochilor, să semene cu actorii, apoi se pune în fața ei. Uite, mamaieee, uite cum arăt, mă veeezi? Ea îi zice taci din gură, joacă-te cu ceva și fii cuminte cât se uită mamaie la serial și pe urmă te las și pe tine la desene. El găsește niște foi și un creion și-și face de lucru cu ele. Scrie ca tataie. Umple paginile cu niște purici lăbărțați. Uite, mamaieeee, și eu scriu! Foarte bine, mamaie, ia și scrie! Da' pe tataie de ce nu-l lași? Ei, el nu scrie așa frumos ca tine. Lui îi crește inima și se duce să-i zică și lui tataie.

Acum sunt amândoi în bucătărie, vocile lor răstite se aud când și când printre zgomote de oale. Îi e foame, dar trebuie să mai aștepte până când e gata masa. Când e numai cu mami, ea îi dă avocado, *smoothie*, cereale și *chicken nuggets*, dar aici nu are din-astea, mamaie și tataie ridică din sprânceană când aud de așa ceva. Vrei să-ți dea mamaie pâine cu unt și cu salaaam? îl întreabă ea cu vocea aia pe care o folosește numai când vorbește cu el. El clatină din cap și strâmbă din nas: nu-mi place salamul și mami zice că nu-i sănătos. Mamaie se întoarce cu spatele și comentează încet, dar el tot o aude: mofturos te-a mai învățat mă-ta asta! Ca atunci când a auzit-o spunând că nu seamănă deloc cu ta-su, a ieșit roșcat ca mă-sa, și el s-a gândit că poate ăsta e un lucru rău.

Ușa bucătăriei se deschide brusc și tataie este împins din spate de mâinile roșii ale lui mamaie.

— Hai, du-te odată, du-te de aici, că mai rău mă-ncurci! Mai bine ajută-l p-ăsta mic la lecții. Fii și tu de folos cu ceva!

Tataie oftează și se uită la Adiță, care tocmai face curse cu mașina pe hol.

— Hai, mă, ce teme ai?

— Ne-a dat doamna o compunere.

Fața plină de riduri i se însenineză. Scrisul e domeniul lui. Își freacă palmele și întreabă:

— Despre ce?

— Despre începerea școlii.

— Bine, ia-ți caietul și vino încoace!

Adiță lasă cu părere de rău mașina răsturnată – a derapat într-o curbă – și-și scoate caietul din ghiozdan. Scotocește și după penar, pe care îl scapă pe jos. Penarul se deschide cu un pocnet și pe gresie se împrăștie o mulțime de creioane, pixuri și radiere, ba chiar și o surpriză Kinder. Tataie așteaptă nerăbdător să le strângă, apoi îi face semn să se ducă la birou, în locul lui.

— Da' nu știu cum să încep, zice el.

— Ia zi așa:

Toamna și-a scuturat mantia ruginie și a acoperit trotuarele cu un covor moale de frunze moarte...

Adiță scrie încet, apăsat, făcând și câte o pată. Când termină, ridică ochii spre tataie și așteaptă continuarea. Își face socoteala că sigur o să ia „Foarte bine" pentru compunerea asta și doamna o să-l laude în fața clasei. Apoi mami o să fie bucuroasă și o să-i zică lui tati, iar el o să-i aducă tableta aia de Crăciun. Numai că a doua zi, când vine de la școală, nu vrea nici să mănânce, nici să vorbească cu tataie. Stă îmbufnat pe scaun în bucătărie și, din când în când, îi aruncă priviri furioase.

— S-a legat vreun copil de tineee? îl întreabă mamaie.

— Nu!

— Ai luat vreo notă micăăă? insistă ea.

Copilul se uită în farfuria încă plină cu ciorbă și-și mușcă buzele, dar nu răspunde imediat. Mamaie îl privește cu subînțeles pe tataie, care ridică din umeri.

— Zi, mă! îl îndeamnă și el.

— Nu se dau note la clasa a doua. Se dau ca-li-fi-ca-ti-ve!

— Daaa? Bine, atunci ai luat vreun calificativ miiic?

— Nu eu! Tataie! izbucnește el, în sfârșit, când supărarea e prea mare s-o mai țină doar în ochii încruntați și în pumnii strânși.

— Cum adică? se miră și mamaie, și tataie în același timp.

— A zis doamna că nu se mai folosesc expresii frumoase în compuneri. Că sunt în-ve-chi-te. Și că să-i zic cui m-a ajutat la temă că-i mai bine să nu mă mai ajute.

Mamaie mustăcește, dar se străduiește să rămână serioasă.

— Așa a ziiis? I-auzi, dom'le!

— Da. Și mi-a dat Insuficient și acum n-o să-mi mai aducă tati tabletăăă! își zice Adiță oful până la capăt și chiar îi dau lacrimile de data asta.

Protectoare, mamaie îl mângâie pe obrăjori și îl încurajează, însă tataie deja nu-i mai aude. Lasă lingura din mână și se sprijină de spătar, privind în gol. Din torentul de cuvinte al copilului, unul singur s-a desprins și-i plutește prin fața ochilor, scris cu pixul roșu al învățătoarei.

Bășicuțe

Ștefana știe bine drumul de la gară până la casa bunicilor, a bătut de multe ori praful uliței, când veneau la țară în vacanțe și la sfârșit de săptămână. Acum însă e diferit: toți trei – mama, tata și ea – sunt îmbrăcați în negru și merg în tăcere. Din când în când, dau bună ziua oamenilor de pe stradă, care le răspund și cu un Dumnezeu să-l ierte, închinându-se.

Pe bunicul n-a apucat să-l cunoască îndeaproape, dar are câteva amintiri plăcute cu el: obrajii moi, mai mereu nerași, pe care îi cuprindea cu palmele ei mici; păcăleala de-a mușcatul degetelor, care de fiecare dată o surprindea și-o făcea să râdă; *Domn, domn, să-nălțăm*, pe care el îl cânta cu voce baritonală la vremea colindelor; râsul zdravăn, hohotit, care-i ieșea de pe buzele cărnoase și umplea casa și curtea; atelierul de cizmărie, uniforma de impiegat, biletele mici, dreptunghiulare, cartonate, pe care i le dădea ei, să se joace, mămăliga rece cu gem, pe care i-o întindea când rămânea fără eugenii și ea îi cerea ceva dulce.

Apoi, mai erau și celelalte, din ultima vreme, când bunicul nu mai râdea, ci striga nervos, chiar și la ea, sau când rămânea fără voce și atunci doar horcăia ceva de neînțeles; când stătea cu picioarele așezate pe un celofan, fiindcă din bășicile mari răspândite pe picioare se scurgea un lichid scârbos, urât mirositor; sau când slăbise așa de mult încât, din bărbatul aproape gras de altădată, mai rămăsese doar o umbră.

Ștefana nu a mai fost niciodată la o înmormântare, însă mămica i-a explicat că o să-l bage într-o cutie de lemn, pe care o s-o coboare într-o groapă și o s-o acopere cu pământ, dar că numai corpul lui o să fie acolo, sufletul se duce la Doamne-Doamne. Așa că acum trebuie să meargă toți să-și ia rămas bun de la el. Ce nu înțelege ea e cum să-și ia rămas bun, dacă el nu o mai aude. Sau poate o aude, cum stă așa întins pe masă în camera de la drum, aia bună, pe care o țin numai pentru oaspeți și care acum e întesată de lume. Femei și bărbați din sat, cu broboade negre și cu pălăriile în mână, trec pe lângă el și îi ating mâinile sau fruntea, cum a văzut ea și la Sfânta Parascheva, la Iași, când a fost cu mămica. Poate bunicul s-a transformat în sfânt, deși, din câte a mai prins ea trăgând cu urechea la discuțiile oamenilor mari, numai sfânt n-a fost la viața lui.

Din bucătărie ies bunica și mătușa, îmbrăcate și ele în negru și trase la față. Parcă au mai slăbit și îmbătrânit de când le-a văzut ultima dată. Duc platouri cu prăjituri și sticle cu țuică și cu suc. Când îi văd pe nou-veniți, le fac semn din cap să intre la el. Tăticu și mămica se duc primii și aproape imediat ies din cameră plângând. Ștefana nu știa că și părinții plâng. Se trezește înconjurată de mâini bătrâne, bătătorite, aspre, care o trag și o împing înăuntru. E rândul ei. Nu vrea. Se smulge și fuge în fundul grădinii, unde se ascundea când se juca de-a v-ați ascunselea cu bunicul. Demult, când el era sprinten și vesel. Se uită în urma ei, dar nu vine nimeni, au lăsat-o în pace. Îi e foame. Înapoi nu poate să se ducă. Măcar dacă ar fi reuşit să ia un cornuleţ de pe platou. Poate la bucătărie nu o bagă nimeni în seamă. Se apropie tiptil, dar se opreşte când aude răspicat vocea mătuşii:

— Numai io ştiu cât l-am îngrijit, zi de zi, că mămica a îmbătrânit şi ea şi nu mai putea cu toate. Le aveam şi io p'ale mele, da' trebuia să vin, că altcineva nu era. Tu ai stat la oraş, nu ţi-a păsat...

— Cum poţi să zici că nu mi-a păsat, Victoriţă? se aude şi vocea mămicii. Nu m-am dus cu el la doctor de atâtea ori? N-a stat şi la mine înainte să-l interneze?

— Păi, tu compari două zile cu doi ani?

— Nu compar, da' zic că nu mi-am pus palma-n fund şi-am plecat. Am ajutat şi eu cum am putut. Am dat şi bani pe medicamente. Am mai trimis când a avut mămica nevoie...

— Da, bine că te dai tu mare cu banii tăi!

— Victoriţă, ia vezi, că o dau dracului de înmormântare şi de tot! Ce te-a apucat?

Mătuşa nu mai zice nimic, doar plânge înfundat, apoi îşi trage nasul şi zice mai înmuiată:

— Tu, pune-te şi-n locu' meu. Că eram când la mine, când aicea, de zicea bărbatu-meu că nici nu mai apucă să mă vadă la faţă.

— Păi, ce să-ţi fac, dacă tu eşti mai aproape...

— Da, că am fost io proastă de-am rămas în sat, trebuia să mă duc şi io la oraş şi eram doamnă acum.

— Păi, de ce nu te-ai dus, nu te-am lăsat eu? Şi nu înţeleg de ce te mai necăjeşti acum, că gata, s-a terminat, nu se mai chinuie nici el, nici noi.

— Păi, mă necăjesc, că zice mămica să-ţi rămâie ţie casa asta, de-aia. După cât am muncit io aici...

— Stai, tu, că mămica trăiește încă! Și eu am apartament, nu-mi trebuie nimic acu'. Poate mai târziu, când oi ajunge și eu la pensie, dac-oi mai prinde pensia. Și ție oricum ți-au construit casă devale, de ce mai vrei și aici?

— Așa, că io am muncit și tu nu. Și tu vii și te așezi cu curu-n toate, că proasta de Victorița-i bună numai de muncă.

— Doamne, iartă-mă, nici nu s-a răcit bine tăticu, nici nu l-au băgat în groapă, și tu te gândești la avere.

— D-aia, că pe mine nu m-a iubit, numai de tine întreba mereu, că de ce nu vii să-l vezi. Degeaba eram io aici, el pe tine te vroia. Și așa a fost mereu, tu ai fost preferata lor, io, aia mai mică și mai proastă, să mă descurc.

— Fată, ori ai dat iar iama-n țuică? Numai prostii zici. Ia nu mai vorbi cu păcat! Cum să nu te iubească? Orice părinte își iubește copiii, o să vezi și tu când o să-i ai pe-ai tăi. Hai că mă duc s-o caut pe Ștefănița. Tu lasă smiorcăiala asta și vezi mai bine dacă mai trebuie prosoape.

Când mămica iese din bucătărie, sare și Ștefana din ascunzătoare. I-ar zice că-i e foame, dar în bucătărie se aude mătușa plângând și i se pune un nod în gât. Se uită la burta umflată a mamei, unde știe că e frățiorul ei.

— Nu-i așa c-o să mă iubești și când o să vină bebe?

— Ce întrebare-i asta? Ori ai tras cu urechea? O să vă iubească mămica pe amândoi. Nu te lua după tanti Victorița, că-i supărată, nu știe ce spune. Hai, stai cuminte pe aici și, când te chem eu, vii repede să plecăm la cimitir.

La poartă, se stârnește forfotă și vocea dascălului anunță sosirea preotului. Cei doi cântă ca la biserică și lumea răspândită prin casă și prin curte ascultă și se închină. Pe cer se adună nori negri. O babă își face cruce și zice:

— Ce om bun a fost Petrică! Uite, și lu' Dumnezeu îi pare rău că s-a dus! D-aia dă ploaie.

Ștefana ridică ochii spre cer și-și închipuie că, dincolo de vălătucii întunecați, e un moșneag cu barba lungă și albă, îmbrăcat în alb, care agită un toiag spre pământ. Toiagul nu se vede, însă stropi mari și reci au început deja să cadă peste capetele plecate ale oamenilor, peste praful de pe uliță și satul cenușiu. În colțul casei, un cărbune mic, probabil căzut din cădelniță, o ademenește cu roșeața lui. Ștefana se apleacă să-l vadă mai bine. Întinde mâna să-l ridice, dar și-o retrage brusc, speriată. Nu țipă, nu plânge, doar se uită în jur: n-a văzut-o nimeni. Buricele degetelor îi zvâcnesc, aprinse. Pe ele au apărut trei bășici albicioase. Și le bagă în gură, iar saliva îi potolește usturimea.

Lumea din curte se agită iar, s-a terminat slujba. Patru bărbați ridică sicriul și-l scot în drum, unde așteaptă o mașină cu o remorcă lungă. Mulțimea se adună în spate, ca să însoțească mortul la groapă. Câteva femei plâng de ți se rupe inima și strigă în urma lui. Ștefana nu le cunoaște. Și bunica plânge, dar nu chiar așa. Deci și bunicile plâng. Cineva zice:

— Puneți copiii în mașină, să nu meargă prin noroi, că-i drumul lung.

Ștefana se trezește luată pe sus de niște brațe bărbătești și așezată lângă bunicul. Nu apucă să se dezmeticească, brațele mai depun o fetiță, mai mică decât ea. Mașina pornește și înaintează hurducăind pe drumul de țară. De sus, îi vede pe mămica și pe tăticu sprijinind-o pe bunica și echilibrând o umbrelă mare. Mai în spate, mătușa își șterge cu o mână lacrimile și stropii de pe față; lângă ea, unchiul se chinuie să deschidă și el umbrela. Restul mulțimii se răsfiră pe tot drumul și merge încet, în liniște sau murmurând; o pată neagră, mișcătoare, ca un nor de ploaie. Același bărbat de mai devreme le aruncă o sacoșă mare de rafie în camion, să se acopere cu ea.

Cu coada ochiului, Ștefana zărește silueta bunicului. Își întoarce capul, să-l vadă de aproape: e palid, are bărbia prinsă cu leucoplast și din colțul gurii i se scurge un lichid gălbui. Ca cel de pe picioarele lui, de mai demult. Întinde spre el cele trei degete cu bășicuțe, să i le arate. Fetița cealaltă începe să plângă, dar Ștefana îl privește lung-lung și zâmbește: printre picăturile de ploaie tot mai dese, bunicul i-a făcut cu ochiul.

Umbre

Întunericul a coborât peste sat și, odată cu el, s-a lăsat și liniștea. Până și ninsoarea s-a potolit. Doar fumul se ridică alb și gros din coșurile răzlețe. Deasupra lor, culmi împădurite și, din loc în loc, câteva goluri unde pe vremuri erau brazi. Dar, pe vremuri, și oamenii erau mai mulți. Acum, dacă pornești pe ulițele care urcă șerpuit, mai vezi doar câteva case locuite. Restul, niște chichinețe din lemn și piatră, cu varul albastru scorojit și șindrila găurită, au rămas pustii. Își fac șobolanii adăpost în ele. Împrăștiate, însemnele obișnuite: cum intri, fântâna lui Bădâi, mai sus, pe dreapta, crucea lui Lisandru, în centru, cârciuma și, hăt, spre ieșire, biserica cea nouă. Din centru, la câteva sute de metri pe ulița care duce spre satul următor, încă și mai răsfirat, urcă un drumeag și, în capătul lui, e o căsuță cu o singură fereastră aprinsă. Dincolo de ea, într-o odaie mică, stau îngrămădite două dormeze, o masă cu scaune și o sobă. Becul din tavanul jos împrăștie o lumină slabă, gălbuie. O femeie măruntică umblă tăcută de colo-colo, aruncând umbre pe scoarțe. Pune pe plită un ceaun înnegrit, cu apă la fiert pentru mămăligă. Mai bagă și două lemne în sobă, să ințețească focul. Pe patul de lângă geam, doi copii.

Paul, cel mare, stă cu genunchii ridicați la piept și privește fix flăcările portocalii și roșiatice care dau să iasă printre ochiurile de fontă. Par niște tentacule de caracatiță, care pot oricând să se întindă, groase și alunecoase, până la el. Costeluș se joacă alături, scoțând în surdină sunete de luptă. Ține în mână jucăriile lui preferate, un cowboy și un indian mici din plastic, veșnic în război. Îi pune să se fugărească și să se bată pe picioarele și brațele lui, pe urmă, când rămân fără spațiu de manevră, urcă pe genunchii lui Paul și sar înapoi pe perna umflată și tare din capăt.

Din când în când, femeia se uită pe geam. Se uită și Paul și simte un nod în stomac. Cu cât întârzie Ticu mai mult, cu atât inima lui se face mai mică și mai mică, până când i se pare că nu mai bate deloc. În odaie, se aud numai strigătele războinice tot mai ascuțite ale lui Costeluș și trosnetul focului în sobă. Mica nu zice nimic, e îngândurată, iar sprâncenele i s-au adunat cu o cută adâncă la mijloc. Deschide ușa spre cămară și o închide repede la loc, însă un val de aer rece a apucat deja să se strecoare înăuntru. Paul se zgribulește un pic, dar zâmbește cu gândul la bătaia cu bulgări și joaca de mai devreme, de la săniuș. Toată după-amiaza s-au dat cu sania pe derdelușul din spatele casei, el împingându-se în călcâie, iar fratele lui, atât de înfofolit că părea un bulgăre mai mare, stând așezat în față. Au venit și Liliana, și Ioana din vecini, și cu toții au umplut valea cu râsetele și țipetele lor. Când, într-un final, îmbujorați și cu nasurile curgând, s-au îndurat să se despartă și s-au întors acasă, de frig și de foame, Mica i-a pus să se dezbrace de hainele umede și le-a dat altele, uscate. Apoi le-a zis să stea cuminți lângă sobă, să se încălzească, fiindcă acuș vine Ticu. N-a fost nevoie să zică mai mult. Paul s-a schimbat repede, l-a ajutat și pe Costeluș să se îmbrace și a lăsat maiourile, izmenele și șosetele ude lângă sobă, la zvântat. De atunci, așteaptă.

Mica iese din cămară cu o bucată de brânză de la butoi și niște carne de la garniță. Le lasă pe masă, mai aruncă un ochi pe fereastră, după care își leagă broboada mai bine sub bărbie, își trage cojoaca pe ea și iese în curte. Mi-e foame, zice Costeluș, dar Paul îi face semn să tacă și se duce în vârful picioarelor pe prispă după ea. Răceala podelei de chirpici trece prin preșuri și prin șosetele lui de lână și-i urcă într-o clipă până în piept. Tare ar vrea să se cocoațe la loc în pat, dar curiozitatea e mai mare. Așteaptă un semn, o mișcare, însă prin bezna din curte nu răzbate nimic. Doar undeva, mai departe, urlă un câine. Se gândește că o să fie certat că și-a udat șosetele la loc și dă să se întoarcă înăuntru, când deslușește apropiindu-se de el o umbră îndesată. O privește întrebător. Mica clatină scurt din cap. Nu se vede. Se duce după ea în încăpere, însă rămâne lângă ușă. E trecut bine de șase, iar apa din ceaun a început să fiarbă. În aer e miros de umezeală, de fum și încă ceva... o acreală abia simțită.

Paul cunoaște bine căutătura asta abătută și știe ce urmează. Nu e prima dată când e trimis după Ticu la cârciumă. Ar prefera de o mie de ori să facă lecții, să n-aibă voie să iasă la joacă sau să țină sculul de lână pentru Mica până când simte că îi cad brațele din umeri și e gata ghemul. Ar vrea să fie el în putere ca să facă treburile prin curte și să aducă bani în casă, ca un om mare. Sau măcar să crească odată și să-l înfrunte pe Ticu. Mai ales când se îmbată, fiindcă atunci țipă, trântește și îi înjură pe toți. Dar deocamdată are numai nouă ani și tot ce poate să facă e s-o asculte pe Mica, măcar el să n-o necăjească.

Se îmbracă gros, dar face gesturi lente, încearcă să tragă de timp cât mai mult. Iese din casă și ghetele îi scârțâie iar pe zăpada așternută pe cărarea din curte și pe drum. Merge cu pași mici și ca să nu alunece, și fiindcă nu-i place cârciuma, unde-i fum de țigări, iar oamenii au ochii tulburi și neprietenoși. Se uită în dreapta și în stânga la curțile învecinate, atent la orice zgomot, la orice umbră. Când trece pe lângă grajdul lui Culae, un zgomot metalic îl face să sară cât colo și ceva mic și tărcat o taie la fugă pe lângă el.

— Zât, boală!

Sunetul vocii lui îl liniștește. Începe să fluiere încetișor. În rest, liniște peste tot, doar două-trei ferestre sunt luminate, iar dincolo de ele, fiecare familie cu viața ei. Din când în când, latră câte un câine. Oricât ar întârzia, tot ajunge repede, până devale e o aruncătură de băț. Dinspre cârciumă, se aud voci înfundate. În fața ușii, trage adânc aer în piept și apasă pe clanța înghețată. Până i se obișnuiesc ochii cu lumina și cu fumul, cineva strigă la el:

— Copiii n-au voie aici!

N-apucă să deschidă gura.

— Lasă-l, mă, că-i al lu' Tache! zice altul. L-o fi trimis Anuța după el.

Paul îl zărește imediat pe Ticu. Nici n-are cum altfel, statura lui mătăhăloasă umple aproape jumătate de crâșmă. Dă să-i turuie cuvintele obișnuite, dar ceva îl oprește. În aerul îmbâcsit plutește o amenințare vagă: poate ochii celorlalți bărbați ațintiți asupra lui, poate gurile lor știrbe, întredeschise, gata să izbucnească în hohote de râs, poate chiar expresia arțăgoasă a tatălui. Înghite în sec și se apropie de el ținând căciula în mână. I se pare tare cald aici, dar nu e căldura aia plăcută de acasă. Asta i se lipește de spate și de subsuori și îi îmbrobonează fruntea.

— Săru' mâna! începe el. A zis Mica... a zis Mica...

Bărbatul se încruntă. Paul se face și mai mic, în timp ce omul din fața lui se face tot mai mare. De undeva, de deasupra, bubuie glasul lui răstit:

— Ce-a zis mă-ta, mă? Paștele și anafura cui te-a făcut! Ce, am ajuns să mă comande muierea pe mine?

Paul înghite repede, apoi se aude turuind cu o voce care parcă nu-i a lui:

— A... a întrebat numai dacă mai stai, că a pus deja de mămăligă.

Bărbatul nu răspunde. Se întoarce la paharul lui și mai ia o gură. Pare că a uitat de el, iar privirea lui întunecată a plecat undeva, departe. Copilul recunoaște vocea de mai devreme: e cea care-l îmbunează pe Ticu, dacă știi cum și când s-o folosești. Mămica a învățat-o și acum o învață și el: o voce supusă, cuminte, răbdătoare, fără urmă de ranchiună sau de semeție. Molcomă, fără să fie leneșă. Grabnică, fără să fie repezită. Nu-i place, nu-i a lui, dar pe a lui nu mai îndrăznește s-o folosească de când și-a luat două palme aspre peste gură. Încă simte gustul sângelui și arsura buzelor. Asta e mai bună. Atunci când merge, că nu merge chiar mereu. Uneori, nu există voce pe lume care să-l liniștească pe Ticu.

Se întreabă cum o să fie de data asta. Se ciucește pe pragul cârciumii și așteaptă acolo, cu ochii când la el, când la celelalte mese. De la un aparat vechi de radio se aude cântând un glas subțire: *Colo-n vale la Buzău, măi,/ Spală mândra dorul meu, măi,/ Tot îl spală și-l albește,/ În izvor îl limpezește*. Paul nu-și poate da seama dacă e de bărbat sau de femeie. Își ciulește urechile, încercând să aleagă una din două, dar nu poate. Ca atunci când era mic și îl întreba câte o babă din sat: „Ia zi, pe cine iubești mai mult, pe mă-ta sau pe tac'tu?", iar el ridica din umeri și râdea, fiindcă-i iubea pe amândoi la fel de mult și nu putea să aleagă. Acum ar ști ce să răspundă, dar nu-l mai întreabă nimeni, că-i prea mare.

Bărbații continuă să bea și să stea de vorbă într-un murmur monoton. Câte unul mai cere tare o cinzeacă sau altul îi contrazice împleticit pe ceilalți de la masă. Ticu nu dă semne c-ar vrea să plece. Vorbește cu bețivul ăla de Culae, care doar stă așa, cu un zâmbet tâmp, el știe pe unde-i umblă mințile. De Cateluța, nevasta lui, îi place, că-i frumoasă și tânără și mereu îi bagă mâna prin păr când îl vede și-l întreabă zâmbind „Ce mai faci, măi, Paulică?". Dar uneori nu se oprește de vorbă cu el și-și trage baticul mai jos pe frunte și atunci Paul știe că iar are un ochi vânăt. Oftează. Nu vrea ca Mica să ajungă așa. Strânge din pumni, cu ochii în pământ, și așteaptă. Știe că nu se poate întoarce singur acasă. Încă mai pot să mănânce cu toții și apoi să se culce liniștiți. Altfel, Ticu ar veni târziu, clătinându-se și răcnind, iar ei ar fi nevoiți să se ascundă iar în odaia bună și să-și tragă plapuma peste cap, să nu mai audă.

Bărbatul și-a golit paharul și se ridică anevoios în picioare. Șovăie o clipă, uitându-se ba spre bar, ba spre ușă. Nelu, cârciumarul, îl vede și-i face semn din cap înspre copil. Ticu dă din mână a lehamite, dar se urnește înspre el. Paul sare în picioare. Cele treizeci de kilograme ale lui nu pot să sprijine greutatea tatălui, care bate suta, dar el e pregătit. Bărbățelul casei. Sprijinul mamei. Deschide ușa larg și iese în aerul rece al serii. În spatele lui, omul își trage nasul zgomotos și scuipă cu năduf pe marginea șanțului.

Cunoaște drumul ca-n palmă, dar pe jos e alunecos, iar lumina, slabă. Un picior îi fuge pe gheață și bărbatul zdrobește o înjurătură între dinți. Paul îl cuprinde cu dreapta de mijloc, iar umărul stâng i se lasă sub brațul greu. Nu îi e de cine știe ce ajutor – dacă ar fi să alunece Ticu, l-ar strivi sub el –, dar măcar încearcă. Și mai e ceva. Astea sunt singurele momente în care stau aproape îmbrățișați; în care, preț de câteva minute, câteva zeci de metri, îi simte căldura, îi atinge bătăturile din palmă, îi poate privi în voie barba țepoasă, îi ascultă respirația greoaie, regulată. Nu are un nume pentru starea asta, știe numai că teama și supărarea de mai devreme s-au mai topit și că, dacă acum l-ar întreba cineva „Pe cine iubești mai mult?“, parcă s-ar codi un pic.

Pășesc încet, cu zăpada scârțâind sub tălpi, cu întunericul cerului cuprinzându-i treptat, până când din ei mai rămân doar două siluete sumbre, una înaltă și lată, alta mică și subțire. Mai sunt trei case, două, una. Urcă poticnit drumeagul, intră în curte și în urma lor poarta se închide cu un zdrăngănit. Fulgii cad iar muți. Dincolo de fereastra luminată gălbui se mai aud o vreme voci și clinchet de linguri, apoi se lasă, pe rând, tăcerea, întunericul, uitarea.

Aşteptare

Oftează din greu și își șterge de pe frunte o peliculă invizibilă de transpirație. La cei cinci ani și jumătate ai ei, Ioana – Onuța, cum o alintă părinții – e foarte ocupată. Se apleacă și ia în brațe o păpușă, pe alta o târâie după ea de mână, în timp ce, cumva, reușește să care și două sacoșe mari, pline. A îndesat în ele cârpele din care face hăinuțe și tot felul de jucării, ca să pară cât mai grele și mai umflate. Împovărată așa, merge dintr-un capăt în altul al curții, îndemnându-și necăjită păpușa nevoită să meargă pe picioarele ei să se miște mai repede.

— Haide, mamă, nu mai lămâne așa în ulmă! Hai, că ne apucă noaptea pe dlum! Vezi că am mâinile pline, nu mai pot să te iau și pe tine în blațe. Tu ești fetiță male, mă înțelegi. Păi, în cine am eu bază să mă ajute meleu? Hai, că mai avem puțin!

Se oprește și, cu un oftat, lasă jos sacoșele și își așază fetițele pe o băncuță. Scoate niște cratițe de jucărie și toarnă în ele pământ, apă, iarbă, pietricele. Când mâncarea e gata, le dă cu lingurița, rugându-le să stea cuminți și să pape tot, ca să crească mari. După ce termină cu masa, le culcă, apoi rămâne cu mâinile în șolduri și cu privirea spre poartă.

De alături, din bucătăria de vară, se aude un glas ascuțit de copil, potolit imediat de un altul mai grav de femeie. Onuței i-ar plăcea să se joace în curte cu fratele ei, dar mămica îl ține mai mult pe lângă ea, că Dănuț e încă mic, abia merge de-a bușilea. Tăticu lucrează la oraș, pe șantier, vine numai la sfârșit de săptămână acasă. Sosirea lui în fiecare vineri seara e o adevărată sărbătoare pentru ea, deși, de multe ori, pentru mămica înseamnă momentul socotelii. La propriu, fiindcă se retrag amândoi în camera de la drum și fac împreună calcule pe caiet cu salariul, datoriile, nevoile și puținul care mai rămâne pentru cheltuielile zilnice, dar și la figurat, fiindcă atunci îi cere socoteală pentru diverse neînțelegeri și supărări.

În seara în care vine tăticu acasă, Onuța se joacă în fața curții, cu ochii mereu spre capul străzii, ca să-l vadă din timp. Dacă nu-l zărește ea, o strigă ceilalți copii, cert e că o ia la fugă spre el și i se aruncă în brațe de parcă ar sări de pe o trambulină. Saltul ăla în gol, încrederea că brațele lui o vor prinde de fiecare dată și bucuria de a-și înfunda nasul în gâtul lui, ca să-și umple nările cu mirosul de transpirație, țigări și bancnote umede și mototolite, fac parte din ritualul ei săptămânal.

Astăzi are emoții, fiindcă, supărată iar de cine știe ce treburi de oameni mari, mămica a anunțat-o de câteva zile:

— Ei, să vezi ce mă cert cu tac'tu când vine!

Ea a rugat-o cu cerul și pământul să nu-l certe, să nu-i spună nimic, și i-a repetat rugămințile zi de zi, dar mămica a rămas neînduplecată. Așa că acum lasă păpușile și sacoșele împrăștiate prin curte și iese pe uliță, să pândească momentul cu și mai mare grijă. Vrea să fie sigură că tăticu râde când o prinde în brațe și o duce până în casă, unde o aruncă în aer și o prinde iar și face avionul cu ea, după care trece la ăla mic și să vezi atunci chirăială și veselie pe ei!

Cu mămica stă toată săptămâna, pe ea o ajută la treburi, ei îi zice dacă e supărată că vreun copil i-a strigat o răutate sau dacă e bucuroasă că doamna educatoare i-a dat bulină roșie. Pe ea o înțelege când e obosită și adoarme în mijlocul poveștii sau când îi spune că nu poate să-i cumpere creioane sau dulciuri, că nu mai are bani, să mai aștepte până vineri. Dar tăticu, ei, tăticu e eroul ei, fiindcă mereu are câte un cadou mic pentru ea și face glume, e clovn și dansator, cal și avion, partenerul de joacă perfect și părintele căruia tare îi mai duce dorul. Sfârșitul de săptămână e ca o vacanță de Crăciun pentru ea. Abia așteaptă să-i aducă o jucărie sau o carte, fiindcă el nu se zgârcește la bani, cheltuie cât are, chiar dacă asta înseamnă că toată săptămâna următoare o să mănânce numai pâine cu ceai. În alea două zile, risipa lui este bucuria ei și disperarea mamei.

Odată, au plecat numai ei doi la târg și s-au mai întors peste câteva ore bune cu buzunarele goale, dar cu burțile mari de râs și colțurile gurii mânjite de ciocolată. Ce s-a mai supărat mămica atunci că au lăsat-o singură cu toate treburile și n-a știut de ei! *Acuma se vine? Și cu mâna-n fund? Păi, după ce te-am trimis eu la oraș? Și ce vă hliziți așa? Tu, ăsta bătrân, că degeaba ai patruj' de ani, n-ai minte nici cât asta mică. Ei, în seara asta mâncați răbdări prăjite! Uite-așa!* Onuța s-a întrebat cum or arăta răbdările, dar n-a mai deschis gura să zică și cu voce tare. Își dă seama și ea când e cazul să tacă. A lăsat capu-n jos și a acceptat dojana cu un aer vinovat, dar pe furiș i-a aruncat priviri lui tăticu. El, între două rafale de reproșuri, i-a făcut cu ochiul, apoi a luat-o pe mămica de mijloc, a învârtit-o ca la dans și i-a zis: *Las' că-s bune și răbdările prăjite, punem niște sare pe ele și scoatem niște murături, ne lingem pe dejte, nu alta!* Și mămica n-a vrut, dar colțul gurii a început să-i danseze și el și, până la urmă, a cedat și zâmbetul, a cedat și mămica.

Se mai uită o dată spre capul uliței, dar tot nu se vede nimic. O întârzia RATA. Oare azi ce-i aduce? O să-i amintească iar că i-a promis s-o ia cu el la oraș și s-o scoată la cinema și la cofetărie. Numai să nu-l certe... Mai face câțiva pași spre casă și spionează prin gard: nu zărește mișcare în curte, dar simte miros de prăjeală. Parcă i se face și foame. Când stau seara la masă, tăticu întinde mâna să ia câte un cartof pai din farfuria ei, iar mămica sare imediat: *Nu mai lua, mă, de la copil!* Dar ea știe că doar face pe pofticiosul, ca să se joace. Mămica îi dă să mănânce și lui Dănuț, care se murdărește tot, iar ei râd, și el râde și mai tare de râsetele lor, așa că iese ditamai zarva, după care pică toți rupți de oboseală.

În timpul săptămânii, Onuța doarme cu mămica și cu Dănuț. Când vine tăticu acasă, sunt trimiși în camera lor, numai că ei nu-i place acolo, chiar dacă are păpuși pe patul mare, acoperit cu scoarță cusută de mamaia. Nici Dănuț nu vrea să doarmă în altă parte și de fiecare dată se lasă cu plânsete din partea copiilor și ba amenințări, ba promisiuni din partea părinților, dar nu ajung la niciun rezultat. Atunci, tăticu se duce boscorodind să se uite la televizor, iar mămica rămâne cu ei în camera lor. Onuța se bucură după fiecare victorie, numai că într-o noapte s-a trezit de sete și mămica nu mai era în pat. Probabil se dusese și ea la televizor. Războiul ăsta al somnului este singurul motiv de supărare dintre ea și tăticu, fiindcă, oricât de mare ar fi dragostea ei pentru el, gelozia ei când o vrea pe mămica numai pentru el este și mai mare. Și mămica, și tăticu sunt ai ei, bine, și-ai lui Dănuț, dacă trebuie, dar nu se poate ca ei să se iubească numai între ei. Cu ea cum rămâne?

În zare, se conturează o siluetă: un bărbat cu o geantă mare atârnată pe umăr. El e!

— Vineee!

O ia la fugă, stârnind praful de pe drum, cu brațele larg deschise, cu ochii strălucind de bucurie, cu râsetul știrb. A început ritualul. În urma ei, mămica iese la poartă ținând în șold un băiețel blond și bucălat, cu mânuța băgată aproape toată în gură.

— Ticu! zice el agitând mâna plină de salivă și dând din picioare, ca să coboare. Ticu!

Bărbatul vine cu Onuța pe umeri, cu fața arsă de soare și obosită, dar cu un zâmbet mare, luminos. Ea îl ține strâns pe după gât, cu ochii îndreptați rugător spre mămica. Femeia îl privește lung, ușor încruntată, părând că vrea să-l dojenească deja că a întârziat, dar tăticu se apleacă spre ea și o pupă apăsat pe obraz. Pe urmă lasă geanta jos și îl ia în brațe pe Dănuț, învârtindu-se cu amândoi copiii odată.

— Vezi să nu-i scapi! Și hai mai repede, că se răcește mâncarea! se aude vocea îmbunată a mamei.

Onuța răsuflă ușurată.

— Ce mi-ai adus?

Un vânticel de primăvară

Liliana oftează prelung, cu vârful creionului între dinți și cu privirea ațintită pe geam. În fața ei, un caiet deschis, iar alături, câteva manuale vechi de clasa a șasea, îndoite la colțuri. De jumătate de oră, citește aceleași rânduri, apoi suspină cu ochii pe fereastră, mai încearcă o dată să citească scrisul mărunt și iar se uită visător în zare. Frunzulițele verde-crud ale pomilor, bâzâitul albinelor și razele tot mai îndrăznețe ale soarelui i-au distras atenția toată după-amiaza. Nu are chef nici de teme, nici de altceva.

— Lilianooo, ai terminat lecțiile? Hai să dai la găini! se aude din curte glasul mamă-sii.

Fără tragere de inimă, Liliana închide caietul cu un pocnet. În semn de protest, acesta se dezbracă de învelitoarea de plastic roșie ca de o haină prea groasă, lăsând la vedere o copertă lucioasă de carte. Pe ea, un bărbat musculos și o femeie mai mult dezbrăcată se îmbrățișează senzual, ca toți protagoniștii romanelor de dragoste pe care le împrumută și le citește pe ascuns de la vară-sa Ștefana. Poveștile lor o fac să se îmbujoreze și să viseze că, într-o zi, când o să fie blondă și cu sânii mari, o să fie și ea iubită la fel de pătimaș ca-n cărțile de

Sandra Brown. Până atunci însă, trebuie să se resemneze doar cu scenele de pe hârtie.

Îi acoperă la loc și iese din cameră, ajutându-și mama la treburi cu mai multă râvnă decât de obicei, ca s-o înduplece s-o lase și în noaptea asta la Ioana. Cu gândul în altă parte, femeia face un gest resemnat din cap, iar Lilianei nu-i trebuie mai mult. Dă buzna în cameră, își îndeasă în ghiozdan cărțile și caietele pentru a doua zi, strecurând printre ele și incendiara copertă roșie. Iese tiptil, aruncând o privire în jur: mamă-sa e în bucătărie, iar tată-su meșterește ceva prin atelier, numai alea mici se aleargă prin fața casei. Traversează curtea în grabă, ca să nu aibă timp nimeni s-o întoarcă din drum, și strigă din poartă „Am plecaaat!". Cât coboară în drumul principal, cotește la dreapta câțiva metri și intră în curtea cealaltă, chipul îi trădează un amestec de încordare și nerăbdare. Abia când ajunge în camera Ioanei și își lasă ghiozdanul pe jos, își îngăduie să zâmbească și spune scurt „Gata, am scăpat!".

O vreme, stau de vorbă despre colegii de școală și despre Paul, pe care Liliana nu vrea să recunoască nicicum că-l place, se hârjonesc și chicotesc înfundat, după care sting lumina, dar somnul se lasă așteptat. Liliana stă cu ochii în tavan lângă Ioana, uitându-se ba la tabloul de nuntă al părinților ei, atârnat deasupra mesei, ba la afișele cu *Beverly Hills 90210* de pe peretele cu patul. Se foiește de pe o parte pe cealaltă, se ridică în fund să bea apă, își pune perna peste cap, apoi sub cap. De dincolo de fereastră, răzbat până în cameră țârâit de greieri și, din când în când, câte un lătrat de câine.

— Ioană, dormi?

— Mhm, aproape.

— Auzi, știi ce mă gândeam?

— Îm?

— Tu, hai să ne facem că suntem bărbat și femeie!

Propunerea rămâne o vreme suspendată în aer, până când Ioana, dezmeticită de-a binelea, se ridică într-un cot și întreabă, încruntată:

— Cum adică?

— Adică așa, ca în cărți, să vedem și noi cum e când se pupă ăia, explică Liliana.

— Bine, da' io sunt bărbatul, se învoiește Ioana.

Liliana are emoții. Nu prea știe ce să facă. De obicei, scenele fierbinți încep cu el care o seduce pe ea, dar Ioana, „bărbatul" ei, nu schițează niciun gest. Respiră adânc și se concentrează. Bâjbâie pe sub pătură până când găsește mâinile Ioanei. O să-i zică Ionuț de acum. Ioana-Ionuț are mâinile calde și chicotește pe întuneric.

— Șșș! Tre' să fii serioasă, altfel nu merge! o atenționează ea.

— Bine, hai!

Liliana închide ochii și, cu mâna dreaptă, pipăie cotul, apoi umărul Ioanei-Ionuț și se oprește acolo, ezitând o clipă. Se hotărăște și coboară până când dă de colăceii de pe mijlocul ei, adică al lui, iar ea, adică el, chicotește din nou.

— Mă gâdili.

— Termină! Cum vrei să te mângâi altfel?

— Hai să fac eu!

— Bine.

Ioana-Ionuț repetă gesturile Lilianei, numai că de la mijloc urcă spre sânii ei abia mijiți. Sunt două umflături moi care se simt ciudat prin tricou. Nu seamănă cu sânii mari și lăsați ai mamei, nici cu cei slabi și uscățivi ai bunicii.

— Te doare? întreabă Ioana.

— Uneori, dacă fug sau mă lovesc. Da' pe tine?

— Pe mine nu. Nu mi-au crescut așa.

— Da' cum? Ia!

Liliana întinde mâna și caută prin întuneric sânii prietenei ei. Sunt mai mici decât ai ei și ascuțiți.

— Da' acolo jos ți-a crescut ceva? întreabă Ioana.

— Un pic. Da' ție?

— Vrei să ne arătăm?

— Mămica mi-a zis să nu arăt la nimeni ce am în chiloți.

— Da' io-s tot fată.

— Ba nu, că ești băiat acum. Ești Ionuț. Nu te las decât să mă pupi, gata.

— Pe gură?

— Pe gură.

Își apropie capetele și-și caută buzele, dar se lovesc în nasuri și în dinți.

— Au! strigă Liliana, în timp ce Ioana izbucnește în râs.

Iubiții din cărți nu se lovesc niciodată. Pipăindu-i conturul feței, Liliana o cuprinde cu mâinile și o ține nemișcată, își înclină capul și, evitând nasul de data asta, îi atinge ușor buzele. Ioana-Ionuț are gustul brânzei cu smântână și al gogoșii cu gem pe care le-a mâncat mai devreme. E o senzație dulce, moale, plăcută.

Întinsă pe spate, cu brațele sub cap, Liliana se lasă cuprinsă de toropeală. Pătura parcă devine mai grea, iar pleoapele îi cad tot mai rar. În semi-întunericul odăii, prin geamurile pe care le-au uitat întredeschise, un vânticel de primăvară înfoaie perdelele. Formele familiare ale obiectelor se însuflețesc: pe coperta roșie ieșită din ghiozdan, femeia îmbrățișată are chipul ei, părinții tineri din tablou o privesc cu un aer complice, iar din posterele de deasupra patului, Brandon și Dylan îi zâmbesc cuceritor. Simte un gâdilat din creștet până în vârful picioarelor și îi vine să chicotească. Întoarce capul spre Ioana, încercând cu un „Ai văzut?" șoptit să o facă părtașă la magia serii, însă dinspre jumătatea cealaltă a patului nu se aude ca răspuns decât o respirație tot mai adâncă și mai regulată. Liliana se răsucește pe partea dreaptă, închide ochii, oftând fericită, și adoarme pe loc.

O mână

— Aici o să dormi tu, i-a zis Ștefana și a deschis o ușă din capătul holului. Ești chiar lângă baie.

Liliana s-a uitat din ușă la camera mică, dar cochetă, decorată în nuanțe de albastru și verde. Avea în dreapta o canapea, pe care erau înșirate câteva pernuțe colorate, la fereastră un birou și un scaun, iar pe peretele opus canapelei, o bibliotecă mică și un șifonier cu două uși. Ștefana i le-a înșirat pe toate, ca într-un inventar, deși putea și ea să le vadă.

— Ți-am făcut loc pentru haine, dar am mai lăsat un raft cu prosoape și lenjerii. Când ai nevoie, îți iei singură, nu-mi ceri mie, da? Și, când se murdăresc, le pui în mașina de spălat.

— Lasă, mă, fata, că până se obișnuiește ce și cum, îi mai zicem noi, îi mai arătăm... a intervenit Victor râzând, luând-o de umeri și trăgând-o la pieptul lui.

Îndepărtându-se stingheră de mirosul amețitor de colonie, Liliana a zâmbit și a dat din cap că a înțeles. Nu-i venea să creadă ce cameră frumoasă îi pregătise vară-sa. În sfârșit, una doar a ei, nu ca acasă, unde trebuia să împartă patul cu două surori mai mici și unde rareori găsea timp numai pentru ea. Ba trebuia să aibă grijă de fete, ba să dea de mâncare la găini și la porc, ba să o ajute pe maică-sa la diverse treburi prin curte. Ca să aibă liniște, temele și le făcea la masa mare din camera de la drum, pe care o țineau de obicei pentru musafiri. Dar, uneori, ca să mai scape de frecușul surorilor și de cicăleala mamei, zicea că are lecții și se refugia acolo cu o carte, pe care o învelea în copertă de caiet, să nu se dea de gol dacă intra careva peste ea.

Ștefana era cea mai mare dintre verișoare și crescuse la oraș, dar în vacanțe și în weekenduri se ducea des la țară, unde părinții ei păstraseră casa bătrânească. Mai scăpau de gălăgie și de poluare, așa ziceau. Stăteau la iarbă verde și făceau câte un grătar sau își luau ouă de țară și câte o găină crescută la sol. Liliana nu prea înțelegea de ce vorbeau așa, că doar toată iarba era verde, cum altfel? Iar găinile normal că erau crescute la sol, doar nu le ținea cineva în aer? Orășeni, na! Dar Ștefana îi plăcea, că nu era cu nasul pe sus și îi aducea mereu cărți cu împrumut. Și, deși între ele era o diferență de nouă ani, Liliana simțea că sunt prietene. De asta, când a fost vorba să plece la liceu, s-a bucurat că avea să stea la vară-sa, recent măritată și mutată la casa ei. Aranjamentul ăsta le convenea tuturor: fata avea pe cineva care să-i poarte de grijă, iar pentru tânărul cuplu, chiria, chiar și așa, mică, era un ajutor binevenit cu care să-și achite rata la bancă; în plus, nici nu primeau o străină în casă.

Pe Liliana, gândul la viața de liceu o entuziasma și o speria în egală măsură. Paisprezece ani trăise într-o lume care multora, inclusiv verișoarei ei, li se părea idilică: în aer curat, înconjurată de familie, prieteni și animale, cu peisaje frumoase și multă liniște. Ea însă era pregătită să le lase pe toate în urmă doar ca să simtă freamătul și noutatea orașului, cu blocurile lui înalte și magazinele mari, puternic luminate, cu mașini multe, cinematografe, baruri și parcuri și, mai ales, cu promisiunea mută a unui viitor îndelung visat. Nu știa dacă la școală să se aștepte la *bullies* și *nerds*, așa cum văzuse ea în filmele americane, dar spera să-și facă prieteni și să... Ei bine, visa în secret să înflorească. Să se întoarcă în sat peste câteva săptămâni sau luni și să fie de nerecunoscut: elegantă, încrezătoare, fericită. Să le dea peste nas celor care nu văzuseră în ea cine știe ce, mai ales lui Paul, care o preferase tocmai pe Ioana, prietena ei cea mai bună. Sau, mai bine zis, fosta ei prietenă cea mai bună.

După primele două luni, însă, entuziasmul i s-a mai domolit puțin. Era în continuare bucuroasă să se afle acolo și nu îi era dor de casă, numai că încă nu-și găsise locul printre colegi. Copiii de la liceul ei păreau niște adulți în miniatură: fii și fiice de avocați, de doctori, de patroni ai puținelor fabrici locale sau de recent îmbogățiți, care învârteau ceva afaceri suspecte, veneau la școală îmbrăcați cu haine de firmă, aveau bani de buzunar cât un salariu și se întreceau în glume și aluzii, fără nicio grijă pe lume. Liliana îi privea de la distanță, jenându-se cu blugii ei cumpărați din talcioc și cu fața pistruiată de soarele verii, pe care încă nu învățase cum să și-o machieze.

Deocamdată, singurii ei prieteni erau Ștefana și Victor, care o incluseseră în noua lor familie și cu care se simțea mai puțin stingheră. Îi plăcea mai ales să-i asculte vorbind, încercând să le rețină mimica, expresiile, gesturile, pe care apoi să le copieze. Le urmărea fascinată micile ritualuri: cum se sărutau scurt pe buze înainte de masă, ca să-și ureze „Poftă bună!“, cum își spuneau pe nume de alint sau cum își cereau iertare după vreo supărare și își povesteau diverse nimicuri care li se întâmplaseră peste zi. Era ceva nou pentru ea, un stil de viață pe care nu îl cunoscuse până atunci și pe care și-a promis în sinea ei să-l adopte cândva, când va avea cu cine.

Primul semestru a căpătat în curând o rutină a lui. Colegele de clasă nu i-au devenit apropiate, dar nici nu o mai priveau lung, ca pe fata de la țară. Timpul și-l petrecea învățând, mergând la cinema, făcând plimbări prin parc și, de cele mai multe ori, citind. Uneori, ieșeau toți trei la McDonald's sau la pizza, alteori ei ieșeau fără ea. Cu Ioana nu mai vorbea. Se înstrăinaseră de când cu Paul. În vacanța de iarnă s-a întors acasă, unde a petrecut sărbătorile ca de obicei, în familie, însă abia aștepta să plece iar. Pentru prima dată de când se știau ele două, adică de o viață, nu s-a întâlnit cu Ioana, nu și-au făcut cadouri, nu au mers la colindat împreună. Într-o zi, l-a zărit pe Paul de departe, dar a ocolit, ca să nu dea nas în nas cu el. Înainte de Revelion, a primit o vedere de la munte, de la Sinaia, pe spatele căreia se semnaseră cu zâmbete și inimioare Ștefana și Victor. S-a bucurat și i-a invidiat totodată.

În noaptea de Anul Nou, a ciocnit un pahar cu familia, dar după urările de „La mulți ani!" a pretextat că-i obosită și s-a dus devreme la culcare. În gând, și-a reînnoit promisiunea de a se reinventa, de a-și face prieteni, de a fi fericită. În ianuarie, când s-a întors în oraș, parcă nu numai anul se schimbase, ci și ceva în aer. Colegii de clasă au fost mai binevoitori, câteva fete au sunat-o nu doar ca să-i ceară teme, ca înainte, ci s-o invite cu ele la suc și chiar la zile de naștere. Liliana simțea că, în sfârșit, lucrurile se așază și pentru ea. Se vedea altfel în oglindă și aproape că nu se mai gândea deloc la Paul sau la Ioana. Dorințele de Anul Nou i se îndeplineau.

Ocupată cu noua ei viață, la început nu a observat că Ștefana lucra până târziu în fiecare seară și că abia dacă se mai întâlneau.

Și-a dat seama abia când a vrut să-i povestească despre toate schimbările astea, dar a dat doar peste Victor. Nu era la fel. Serile au devenit mai goale, încărcate de așteptare ca un brad de Crăciun încă neîmpodobit. Îi era dor de vară-sa, de discuțiile lor dintotdeauna, dar și de veselia și fericirea din cuplul care îi devenise familie și casă departe de casă. Cum Victor singur nu reușea să suplinească lipsa ei, Liliana se retrăgea la ea în cameră, iar el rămânea la televizor în sufragerie.

Într-o seară, a auzit niște ciocănituri scurte și rapide în ușă. Surprinsă, și-a ridicat ochii din carte și a strigat:

— Intră!

Victor a băgat capul prin deschizătura ușii, temându-se parcă să n-o deranjeze. Când a văzut-o în pijamaua cu inimioare, cu picioarele goale atârnând peste marginea canapelei, a zâmbit.

— Ce faci? Citești? Nu te-ai plictisit aici?

Liliana a clătinat din cap și a dat din umeri.

— Îmi place cartea.

— Nu vrei să vii să te uiți cu mine la film? Nu-mi place să mă uit singur. N-am cu cine să comentez.

— Ștefana întârzie iar?

El a confirmat scurt și i-a făcut cu ochiul.

— Hai! Fac floricele.

Liliana a pus semnul la pagina unde rămăsese, a închis romanul și l-a lăsat pe birou. Și-a tras halatul pe ea și s-a dus în sufragerie. Era încă publicitate. Din bucătărie, venea deja miros îmbietor de floricele. Victor le-a adus pe o tavă, alături de două pahare cu Cola.

— Sting și lumina, să fie ca la cinema, a zis el.

Ea a dat din cap, zâmbind. Atmosfera semăna cu serile lor de anul trecut și Liliana a simțit o căldură în stomac la gândul ăsta. Tare ar fi vrut să fie și Ștefana acolo... În timp ce stăteau așezați fiecare pe câte un capăt de canapea, uitându-se la film, Victor și-a întins brațul stâng, ca pentru a lua din castronul cu floricele proptit la mijloc, dar și-a lăsat mâna pe vârful piciorului ei. Nici nu și-a abătut ochii de la ecran, brațul lui părea să facă un gest cu care era de mult obișnuit, ca scărpinatul în cap sau scobitul în nas. Liliana s-a încordat ca un arc. Ar fi vrut să-și tragă piciorul, dar nu putea să se miște. A rămas cu privirea ațintită, fără să mai urmărească imaginile. Obrajii îi ardeau și parcă o gură imensă supsese tot aerul din cameră. Victor a început să-i maseze ușor mai întâi degetele, apoi talpa. Mâna lui era caldă, senzația, deși alarmant de greșită, era plăcută. Căldura i-a urcat spre gleznă. La televizor, forme și sunete fără sens.

Victor îi era ca un frate. Poate dacă se prefăcea că nu se întâmplă nimic, chiar nu se întâmpla nimic. Nici nu voia, nici nu putea să se gândească mai departe. A închis ochii și și-a imaginat că e acasă, la țară, de vorbă cu Ioana înainte de marea ruptură și că mâna aceea atât de familiară era a prietenei ei care o apuca de picior ca s-o sperie la filme. Sau a mamei, care în copilărie o freca pe picioarele înghețate când venea în serile de iarnă de afară, de la joacă. Sau chiar că nu era nicio mână acolo, că pe canapea, lângă ea, se urcase o pisică pufoasă, care torcea încet și leneș.

Când s-a auzit cheia în broască și Ștefana a intrat în hol, tensiunea din cameră s-a spart brusc și asurzitor. Victor s-a ridicat și s-a dus s-o întâmpine, ca de obicei. Propoziții scurte, sunetul ca de ventuză al unui sărut, foșnet de geacă de fâș și de sacoșe.

— Ați mâncat? a întrebat ea.

— Nu, te-am așteptat pe tine, a zis el.

— Haideți, că m-am oprit la magazin.

Cu ochii în televizor și picioarele strânse sub ea, Liliana a rămas țintuită pe canapea.

— Mie nu mi-e foame.

INTERMEZZO

Lenuș se uită lung la ecranul laptopului pe care se lăbărțează, ca dezgropată dintr-o capsulă a timpului, poza de la finalul clasei a douăsprezecea. Își aduce aminte că pregăteau albumul de sfârșit de liceu și toate fetele veniseră îmbrăcate elegant, numai ea își pusese un tricou cu Metallica. Se gândise că oricum în fotografie i se va vedea doar bustul, nu și scrisul cu litere gotice sau craniile desenate de la piept în jos, dar parcă numai din dreptunghiul cu portretul ei lipsesc gulerul alb și sacoul. Ce au cu toții în comun, totuși, sunt fețele de copii care habar nu au ce-i așteaptă.

În dreapta fotografiei, încep deja să curgă comentariile foștilor colegi. Pe majoritatea nici nu-i mai știe, a întrerupt legătura cu ei chiar de atunci, de când și-au părăsit orășelul de provincie și au luat-o care încotro la facultăți prin țară. Însă, din câteva clicuri pe Facebook, poți să recuperezi câțiva ani de absență sau chiar să urmărești din umbră pe aproape oricine. De altfel, tot acolo au găsit-o și pe ea Diana și Bogdan, care se ocupă de organizarea reuniunii de douăzeci de ani.

Când au trecut douăzeci de ani??? întreabă un nume necunoscut.

Mie-mi spui? îi răspunde altul vag familiar.

Ia la rând profilurile celor etichetați și spionează, deocamdată fără să intre în vorbă. Pe fete îi e mai greu să le recunoască: și-au schimbat numele, culoarea părului, unele chiar și fizionomia. Băieții s-au îngrășat, au albit și și-au lăsat barbă. Tresare sau zâmbește când dă de câte unul care i-a plăcut în adolescență. Acum, toți par fericiți în selfie-urile de vacanță și își arată copiii la diverse vârste și în tot felul de ipostaze.

La reuniunea de zece ani nu s-a dus. Tocmai trecea printr-un divorț și n-avea chef de laudele de sine ale celorlalți și de privirile lor compătimitoare. Se și închipuia ridicând din umeri, încercând să braveze cu un „Eu divorțez, dar sunt fericită". Aiurea! I-a luat doi ani să-și revină după aceea. Doi ani pierduți din viață, plus cel puțin unul înainte. Ea și George se căsătoriseră imediat după terminarea facultății, dar viața de adulți responsabili, cu joburi și facturi, se dovedise altfel decât și-o închipuiseră ei. Nu fuseseră pregătiți. Ar fi trebuit să mai aștepte, să mai crească sau să mai caute, dar pe ea o orbise dragostea. Și aia a fost. „Bine măcar că n-ați avut copii!" o consolase maică-sa, amărâtă. I-a dat dreptate și atunci, și mai târziu, după fiecare relație zbuciumată. Apoi l-a cunoscut pe Cristi. Le e bine, numai că amândoi au pus cariera pe primul loc și s-au trezit că, la aproape patruzeci de ani – ea – și cincizeci – el –, le place așa. Un copil le-ar complica existența, iar la vârstele astea tabieturile se schimbă greu.

Ce tare sunt pozele! Ăsta e Achim, prostul clasei. Se pare că n-a făcut prea mari progrese. Lenuș izbucnește în râs.

Ciao! Dacă ajunge-ți la Italia, da-ți de știre! Bacio! Corina Pasquarelli le face cu ochiul seducător, cu buzele țuguiate. Câte filtre o fi aplicat?, se întreabă Lenuș.

Salutare! Eu particip, că mi-e dor să vă văd. Abia aștept să stăm de vorbă!

Și eu, numai să stabilim data cât mai curând, că am programul încărcat.

Încă un șir lung de confirmări, după care încep întrebările despre cei absenți. Dar de Aura Condrea ce mai știți? Dar de Marius Negulescu? Printre ei, un nume care îi atrage atenția: Camelia Ifrim. Despre Cami nu mai are vești de cel puțin cincisprezece ani. Au fost colege de bancă și prietene în gimnaziu. Cami voia să dea la Liceul de Arte, motiv pentru nesfârșite certuri cu ai ei. *Aia nu-i școală adevărată. Ce faci pe urmă în viață? Trăiești din pictură? Fă un liceu normal, ia-ți o diplomă de facultate și un serviciu bănos, că asta contează, nu arta!* Așa că, într-un final, Cami renunțase și ajunsese din nou colega de bancă a lui Lenuș la liceul teoretic din oraș, devenit colegiu ulterior. La facultate, însă, s-au despărțit: Cami s-a dus la București, hotărâtă ca de data asta să dea la Arte, iar Lenuș a ales Clujul. Voia să plece cât mai departe și i se părea că vestul țării e cea mai bună alegere. Și-au mai scris o vreme, s-au mai întâlnit în vacanțe, dar nu mai era la fel. Păreau schimbate, preocupate de lucruri diferite, prietenia lor de altădată nu mai găsea pe ce să se sprijine. Tăcerile au devenit tot mai lungi și mai dese. Încet-încet, s-au pierdut una de alta. Când mai era întrebată de ea, Lenuș răspundea cu resemnare: „știi cum e... fiecare cu viața ei".

De Cami am auzit că s-a măritat cu un preot și s-a mutat undeva la țară, unde a primit el parohie, zice Diana. *Nu are Facebook.*

Informația asta o miră pe Lenuș și nu prea. Din străfundurile memoriei, dintre discuții, băute, copiuțe, râsete și plânsete, se zbate să iasă la suprafață un moment anume; ceva mai întâi vag, nedefinit, mai mult o impresie, o amintire a simțurilor, și apoi o întâmplare din ce în ce mai clară dintr-un martie de demult.

În vara dinspre a opta spre a noua, Lenuș se metamorfozase: fata timidă de altădată prinsese aripi de fluture. Vinovate fuseseră cărțile recomandate de profesorul de română, muzica pe care i-o copia pe casete un vecin mai mare și – mai presus de orice – teribilismul și revolta tipice adolescenței. Într-a zecea, nu era chiar printre fetele populare din liceu, dar, împreună cu Cami, forma un duo ușor de recunoscut și uneori chiar de invidiat. În seara aceea de primăvară, stabiliseră să iasă în Vineri 13, barul lor preferat. Ea se îmbrăcase toată în negru, cu blugi tăiați și o bluză mulată pe sub geaca de piele. De-o parte și de alta a feței, își lăsase să-i atârne două șuvițe decolorate. Inelele cu cranii, tușul gros de pe pleoape și rujul închis, vinețiu, îi completau ținuta. Cami nu recurgea la artificii: frumusețea ei naturală – părul lung și ondulat, ochii albaștri, tenul impecabil – și exuberanța ei obișnuită îi erau de ajuns. Ca de obicei, s-au întâlnit în colțul străzii și au mers mai departe împreună, reluând și discuția de parcă nici nu se întrerupseseră câteva ore.

Barul era într-o casă veche, rămasă cine știe cum nedărâmată printre atâtea blocuri. Ca să ajungă la el, treceau pe lângă o biserică ce purta, la rândul ei, urmele clare ale trecerii timpului. Lenuș tocmai îi povestea despre veșnicul ei admirator, Bogdan, când Cami a tras-o de mână și i-a zis cu un amestec de stăruință și nonșalanță:

— Hai să intrăm numai puțin. Sunt Deniile și i-am promis lu' maică-mea că trec și eu. Nu stăm mult, măcar să mă vadă.

Familia lui Cami era destul de religioasă, dar Lenuș tot a fost surprinsă. În mintea ei, colega de bancă și prietena aproape nedespărțită era separată de viața părinților. Cu Cami se știa încă de la grădiniță, cu ea vorbea ore în șir despre băieți și bea sticluțe cu votcă pe care le cumpărau, pe rând, de la chioșcul din stație, înainte să plece la discotecă. Nu reușea să și-o închipuie stând în genunchi și făcându-și cruce. Asta era o viață pe care o asocia cu babele și măicuțele, nu cu Cami. În propria familie, religia nu era ceva la ordinea zilei. Părinții ei țineau sărbătorile, ca toată lumea, dar nu mergeau la biserică duminica sau de vreun sfânt. Doar în noaptea de Înviere, să ia lumină.

Așa că, atunci când Cami a tras-o după ea în clădirea rotunjită, cu pereți scorojiți, din care răzbăteau până afară cântări prelungi și un aer stătut, s-a trezit că înaintează fără voia ei pe un teren necunoscut. Încă din ușă, mirosul de tămâie și de ceară topită i-a umplut nările. Sfinții cu nimburi și mâini ridicate a binecuvântare o urmăreau de pe pereți. A încercat să detecteze în ochii lor vreun mesaj mai adânc, ceva care s-o lumineze, dar chipurile lor au rămas inexpresive. Câteva persoane răsfirate – care în genunchi, care pe scaunele de pe margini – au întors capetele spre ele. Lenuș ar fi vrut să rămână lângă intrare, dar Cami a luat-o înainte, ținând-o strâns de mână. Ajunsă în față, i-a dat drumul și s-a închinat discret, sărutând icoanele. După aceea, s-a dus lângă un grup de femei care cântau *Doamne miluiește* și a vorbit în șoaptă cu una dintre ele. Abia când a văzut-o din profil, Lenuș a recunoscut-o pe doamna Ifrim. Din spate, era un batic ca toate celelalte. Rămasă pe culoarul din mijloc, printre oamenii mai numeroși decât în spatele bisericii, Lenuș se simțea stingheră. Nu-i venea să se ducă la icoane, era un gest străin. Voia să vină mai repede Cami, ca să poată pleca odată. Căldura, aglomerația, vocile tărăgănate, mirosul de lumânări și fețele multe de pe pereți și de pe cupola bisericii parcă o apăsau.

— Trebuia să-ți acoperi capul! i-a șuierat o femeie de lângă ea. Și să nu vii machiată în Sfânta Biserică!

Baticurile și pălăriile au forfotit, curioase să identifice intrusa. Ceva din replica asta – tonul mustrător, excluderea – a trimis-o înapoi în copilărie, pe treptele de piatră ale grădiniței dintre blocuri. N-a mai stat să audă și restul, s-a dus cu pași mari spre ieșire. Sfinții de deasupra ușii o priveau cu reproș de data asta. Cami a găsit-o în stradă peste câteva minute, fumându-și deja a doua țigară.

— Nu știam unde-ai dispărut! i-a zis ea.

— Da, a trebuit să plec. Se luase una de mine.

— Ei, așa-i lumea! Nu băga și tu în seamă.

Lenuș a stins mucul cu talpa bocancului și și-a băgat mâinile în buzunare. Pe urmă s-a uitat lung la Cami.

— Fată, da' ce-a fost în capu' tău de m-ai adus aici? Nu-mi zice că tu chiar crezi în faza asta cu biserica și așa?

Cami a dat din umeri, râzând cam cu jumătate de gură.

— E important pentru maică-mea. Dacă merg la slujbă, mă lasă-n pace. Acum nu i-a convenit c-am plecat, da' i-am zis că ai o problemă și tre' să stau cu tine. O să trebuiască să vin mâine seară, la Prohod.

Lenuș și-a dat ochii peste cap.

— Eu cred c-aș lua-o razna.

— Nu-i așa nasol, a zis Cami. Uneori îmi place. Mă liniștește. Și cântările mi se par frumoase.

— Ei, căcat! Și toate chestiile alea că femeia e supusă bărbatului și că n-ai voie să intri dacă ești la ciclu și așa mai departe? Niște tâmpenii inventate de boșorogi nefutuți!

— Eh, alea-s nașpa, da. Eu, dac-o să mă mărit vreodată, o să-i zic preotului să sară peste partea aia cu femeia care tre' să asculte de bărbat.

— Eu n-o să mă mărit niciodată! Hai dracu' să bem ceva, până nu mă exorcizează ăștia!

Au râs amândouă. În seara aceea, au ascultat Doors, Pink Floyd și Queen, au băut votcă și s-au sărutat cu doi studenți veniți acasă în vacanță. Viața era frumoasă și plină de posibilități la șaisprezece ani.

Între timp, fata aceea care naviga între două lumi, străduindu-se să ia ce i se părea mai bun din fiecare, a făcut o alegere. Lenuș încearcă să și-o închipuie preoteasă, locuind într-un sat cu drumuri de pământ, crescând păsări și porci, umblând cu batic pe cap, vorbind așa, suav și cântat și încheind fiecare discuție cu *Doamne ajută*. Nu reușește, dar, dacă se gândește la ce turnură a luat propria viață, nu poate să spună că ei i-a ieșit și lui Cami, nu. A trecut printr-un divorț, a schimbat mai multe țări, orașe, relații și meserii și a ajuns să trăiască tocmai în București, de care fugise atâția ani. Parcă a făcut un ocol mare ca să ajungă unde e în prezent, dar tot nu știe dacă e unde trebuia să ajungă din start. Poate Cami a luat-o pe scurtătură.

Se ridică de la birou și își aruncă privirea pe geam: dincolo de parcarea firmei, traficul capitalei cu noxe, claxoane și aglomerație. Pe partea cealaltă a bulevardului, un șir de blocuri identice, pe care reabilitarea recentă le-a transformat dintr-un cenușiu plicticos și deprimant într-un alb cu inserții mov și verzi. Îi e atât de familiar decorul ăsta, că nici n-o mai deranjează. De câte ori pleacă la munte în weekenduri sau în concedii, își promite să se deconecteze, să se bucure de natură, să uite de job și de oraș, dar îi ia cel puțin o zi să se rupă: mai răspunde la telefoane de la muncă, mai verifică un e-mail, mai urmărește conturile clienților între două poze cu natura, pe care le postează apoi pe Facebook și Instagram cu eticheta #relaxare. Cristi intră mai repede în atmosferă. El, dacă ar putea, nici n-ar mai pleca de acolo, dar ei i-ar fi dor de asfalt, de restaurante și baruri, de „civilizație". Poate s-a obișnuit așa, cu poluarea, zgomotul continuu de trafic și aglomerația de oriunde, și nu mai poate fără. Dar uite că unii au dat Bucureștiul pe un sat.

Își închipuie pentru o clipă cum ar fi totuși, dar scutură repede din cap și-și repetă că nu, sigur ea n-ar putea să facă asta, deși viața ei în capitală nu e chiar raiul pe pământ. Luată așa la bani mărunți, nu ar ști să spună ce o nemulțumește: cu Cristi se înțelege bine, bani are, nu-i lipsește ceva concret. E doar așa, o stare de oboseală, de plictiseală, de derută. Se dă de ceasul morții la serviciu, nici ea nu știe de ce, poate pentru că așa s-a învățat. Cheltuie aiurea pe tot felul de prostii, de care se plictisește repede. Se întâlnește cu câțiva prieteni cu care, pe zi ce trece, constată că are tot mai puține în comun. Nici răbdare nu mai găsește să asculte mereu aceleași povești. De-asta și s-ar duce, și nu s-ar duce la reuniunea de douăzeci de ani. Adică ar mai ieși din rutină, ce-i drept, dar oglinda pe care i-ar pune-o în față un eveniment cu încărcătura asta emoțională ar fi prea nemiloasă. În plus, efortul de a zâmbi frumos și de a întreține și în realitate, chiar și numai câteva ore, imaginea perfectă de pe rețelele de socializare, i se pare epuizant. Mai bine se scuză că are deja planuri pe care nu le poate schimba și recuperează pe Facebook.

Fata din fotografie îi pare o străină sau o amintire vagă, scăpată cine știe cum dintr-un trecut de mult uitat. Sunt ani de când nu mai poartă nici inele cu cranii, nici tuș gros la ochi, iar tricourile cu litere gotice s-au rătăcit pe undeva prin fundul dulapului, după ultimul concert la care a dus-o Cristi. Muzica a devenit un simplu zgomot de fundal, nu un scop în sine, ca pe vremea când singurele griji erau să ia note mari și să o placă același băiat care-i plăcea ei.

Cu toate astea, dacă stă bine și cântărește, parcă lucrurile nu s-au schimbat chiar atât de mult: notele au devenit evaluări, profesorii, șefi, iar băiatul, soț. Și poate fata în negru și prietena ei, care o privesc din imaginea pixelată de pe ecran, nu au dispărut de tot.

Se așază iar în fața laptopului și, la lungul șir de comentarii, mai adaugă unul.

Știe cineva cum pot să iau legătura cu Cami?

Drumul asfaltat se termină brusc și cotește la stânga. De aici, începe unul de pământ și pietriș, care urcă șerpuit spre satul în care locuiește Cami. Când a sunat-o, Lenuș nu se aștepta la o invitație. De fapt, era destul de emoționată și nu știa la ce să se aștepte. Poate la o voce surprinsă și rece după atâția ani, o discuție scurtă de complezență cu cineva cu care nu mai avea nimic în comun. Dar Cami fusese încântată și prietenoasă și o chemase în vizită. Și nu din politețe, chiar insistase. Iată de ce Lenuș își conduce acum Stepway-ul ocolind gropi, găini și curci și întrebându-se cum naiba a ajuns ea pe coclaurile astea.

E drept că zona e frumoasă, cu dealuri, păduri și stânci, iar în depărtare se zăresc munții. Prin geamul întredeschis intră un aer curat și răcoros, iar în stânga sclipește îmbietor un pârâiaș. Totul e înverzit și înflorit și, încet-încet, zarva orașului și stresul zilnic se estompează. Lenuș s-ar relaxa de-a binelea dacă n-ar frământa-o grijile legate de reîntâlnire. A fost atât de surprinsă de invitație, încât a acceptat-o pe loc, fără să se gândească. Pe urmă abia, după ce a închis telefonul și a rămas așa, cu un zâmbet nou pe față, și-a dat seama că e un risc cam mare. Cum să petreacă un weekend cu niște oameni pe care nu-i cunoaște? Dacă nu-i place? Dacă nu se simte bine? Dacă o pun ăia să meargă la biserică?

Nu știa nici ce să-i ducă, să nu apară cu mâna goală. O sticlă de vin? Dar oare mai bea alcool? E vreun post în perioada asta? Parcă imediat după Paște nu mai e. A luat un coș cu brânzeturi franțuzești și o sticlă de vin roșu și a sperat să fie potrivit. Pentru copii – Cami îi spusese că are doi, o fată de cincisprezece ani și un băiat de unsprezece – a luat câte o ciocolată. A inventat o scuză, în caz că va simți nevoia să plece mai devreme, și s-a pornit. Cristi n-a putut să vină cu ea, lucrează weekendul ăsta, dar nu o deranjează, ba parcă îi convine mai mult așa. Reuniunea îi trezește multe amintiri și emoții, iar dacă ar fi nevoită să-i explice lui mereu tot felul de lucruri din trecutul lor, al ei și-al lui Cami, intensitatea momentului s-ar dilua.

GPS-ul îi arată că mai are un kilometru până la destinație. Pe partea dreaptă a drumului sunt case destul de arătoase și îngrijite, construite cu multă piatră și lemn, dar și bordeie lăsate în paragină. Pe partea stângă, pârâul își vede liniștit de curgerea lui, împiedicându-se ici și colo de crengi și bolovani. La numărul două sute cinci, Lenuș oprește și claxonează scurt. Apucă să se uite rapid în oglindă și să-și treacă mâna prin părul tuns bob, vopsit de nevoie acum, nu de moft, ca în liceu. Din curte, iese o femeie plinuță, care îi zâmbește larg și îi face semn să intre pe porțile mari. Are loc de parcare în curte.

Când coboară din mașină, o întâmpină o Cami vizibil schimbată față de tânăra de douăzeci de ani pe care a văzut-o ultima dată Lenuș. Părul nevopsit are șuvițe întregi de fire albe, dar e la fel de buclat. Este îmbrăcată cu o rochie lungă, înflorată, peste care poartă o vestă, ceea ce îi dă un aer vag, necăutat, de hipioată. Zâmbetul larg îi lasă la vedere dinții mici, perfect aliniați, și câteva riduri fine la coada ochilor. Alături de ea, un bărbat la vreo cincizeci de ani, cu barbă sură și privire albastră. Lenuș se cam fâstâcește, nu știe cum să-l salute, doar n-o să-i zică „Săru' mâna, părinte!". Se hotărăște la un „Bună ziua!" neutru și întinde mâna să se prezinte.

— Mihail, îmi pare bine! i-o ia preotul înainte, prietenos. Bine ai venit! Cucoana numai despre tine vorbește de o săptămână.

Cami o trage într-o îmbrățișare și o strânge tare, ca pe o prietenă pierdută și regăsită. Parcă i s-au mai topit emoțiile. E bine.

— Hai poftește la umbră, să te servesc cu o limonadă sau ceva mai tare? Cu pâine și sare, ca lu' tovarășu' pe vremuri, să ne arătăm ospitalitatea și roadele pământului, râde el. Și o țuiculiță de prună, făcută în casă. Obișnuiești?

— Hai, tati, las-o să-și tragă sufletul, că abia a ajuns! intervine Cami. Mai bine du-i bagajul în casă cât ne așezăm noi afară. Și cheamă-i și pe copii să salute. Da' scurt, așa, că pe urmă stăm ca fetele, avem de recuperat.

Apoi, către ea:

— Tu, cât mă bucur c-ai venit, nici nu-ți închipui! Avem o groază de povestit!

Mâncarea bună, alcoolul și glumele au risipit și ultimele fărâme de reținere. Aproape că-i pare rău că nu a venit și Cristi cu ea, lui sigur i-ar fi plăcut aici și ar fi avut și de ce. E sâmbătă trecut bine de prânz și numai păsările tulbură liniștea din jur. Undeva, departe, se aude bâzâitul înfundat al unei drujbe. La picioarele lor, un câine ciobănesc moțăie la umbră. De când a sosit, Lenuș a așteptat și, în același timp, s-a temut de discuția aceea serioasă despre ele două, prietenia lor, despărțirea drumurilor și împărțirea vinei. Dar întâlnirea a fost relaxată, călduroasă chiar, și după ce au dat la o parte complimentele pentru cât de bine s-a menținut fiecare, ce casă frumoasă, ce zonă minunată, ce copii drăguți, s-au așezat la masă și la povești. Soțul lui Cami, care, fără sutană și patrafir, pare un om obișnuit, a stat o vreme cu ele, apoi le-a lăsat singure să discute de-ale lor. Și-au amintit diverse din școală, Cami a vorbit despre copii și mica lor gospodărie, din care își asigură cam de toate de-ale gurii, iar Lenuș, despre toate orașele și țările în care a locuit, despre muncă și Cristi. Au râs și au oftat, dar de subiectul acela nu s-au atins.

Acum, cuprinsă de o moleșeală plăcută, se gândește că ar putea fi momentul potrivit. Pe masă, printre rămășițele mesei bogate, bâzâie o albină. Mai ia o gură din paharul cu șpriț din fața ei și întreabă:

— Și cum e să fii preoteasă? Mai pictezi?

Cami se uită undeva, în lateral. Tace. Când, în sfârșit, răspunde, Lenuș se întreabă dacă i-a auzit întrebarea sau vorbește despre ceva cu totul diferit.

— Mai ții mintea seara aia când te-am dus cu forța la Denii, într-a zecea?

Lenuș încuviințează scurt din cap.

— Până atunci, mi se păruse normal să merg la biserică. Să mă rog. Să cred. Am încercat să-ți arăt și fața aia a mea. Dar după reacția ta... Nu știu, mi s-a făcut rușine. N-am vrut să râzi de mine sau să nu mai fii prietena mea, așa că am mințit. Dar, în sufletul meu... parcă s-a rupt ceva.

Lenuș se revede la șaisprezece ani, stingând țigara cu bocancul sub privirile fâstâcite ale prietenei ei. Se încruntă și își face de lucru cu pachetul și bricheta. Nu prea știe dacă ăsta e un reproș sau o lămurire. Țuica de mai devreme și vinul nu ajută. Își simte mintea greoaie, înceată. Râde un pic prea subțire și încearcă să găsească tonul potrivit:

— Eu tot nu sunt religioasă, să știi. Poate-i chestie de educație sau de vreo revelație.

Își aprinde o țigară cu gesturi îndelung exersate și trage adânc în piept. Privește înspre munți, de parcă acolo, pe un ecran imens, ar vedea scena desfășurându-se iar sub ochii ei. Suflă fumul în sus și dă din umeri.

— Dar nu mai contează. Dacă tu ești bine aici, așa, asta e important.

Cami tace iar și între ele plutește ceva nou, apăsător. Poate că așteaptă scuze sau măcar niște explicații, dar Lenuș nu vede de ce s-ar scuza pentru convingerile ei. Nu s-au schimbat de-a lungul timpului. Ar vrea să spună ceva amuzant, un banc, să readucă voia-bună, dar Cami i-o ia înainte.

— Când am intrat, în sfârșit, la Arte, m-am specializat în pictura de icoane pe sticlă, pe lemn, pe piatră... Așa l-am cunoscut pe Mihail și am venit după el în sat. Și da, mai pictez icoane, le expun la un centru de artă, le mai vând turiștilor...

— Drăguț! zice Lenuș scuturând scrumul într-o farfurioară pe care i-o adusese Cami, scuzându-se că nu au scrumieră, fiindcă la ei în casă nu fumează nimeni. Eu nu mă pricep la asta, dar cunosc pe cineva la o galerie de artă din București, dacă vrei să te pun în legătură, să te extinzi...

— Mulțumesc, dar nu e pentru mine.

Își aruncă ochii în jur ca un moșier care-și admiră pământurile și adaugă:

— Să știi că nu-mi lipsește genul tău de viață, mereu agitată, mereu pe drumuri. Am tot ce-mi trebuie. Și nu simt că mă limitez, dacă asta crezi.

— Dar n-am zis așa ceva! se apără Lenuș. Fiecare face cum crede că e mai bine pentru el. Mie îmi convine viața aia așa agitată, cum zici tu. N-aș putea altfel.

Nu mai zice niciuna nimic. Fumul se înalță între ele, umplând tăcerea. Căldura zilei a lăsat loc aerului rece de seară și Lenuș se zgribulește.

— S-a făcut frig.

Cami tresare, ca trezită din somn, și se ridică în picioare:

— Hai că strâng aici și pe urmă mă duc să dau la animale. Du-te și te schimbă, dacă ți-ai adus ceva mai gros. Dacă nu, îți dau eu.

Lenuș mai ia o gură de vin și scoate telefonul. Își mijește ochii și face o poză încadrând un colț al prispei din lemn și culmea împădurită din spatele casei. Nici nu are nevoie de filtru. Postează pe Facebook și Instagram cu etichetele #reuniune, #prietenevechi, #lamunte și #intermezzo. De undeva, mai în spate, se aude vocea ascuțită a lui Cami: „Pui-pui-pui! Na la mama! Bi-bi-bi!". Deschide WhatsApp și îi scrie lui Cristi: „Hai că vin mâine acasă. Și mă gândeam că în iunie, decât la reuniune, mai bine mergem în Grecia".

PARTEA A II-A

Rebound

Telefonul a vibrat și pe ecranul luminos a apărut numele lui Dani, cu mesajul: *Unde ești?* Andra a zâmbit plăcut surprinsă și i-a răspuns scurt: *Acasă.* Se cunoscuseră pe un site de *dating* și își dăduseră întâlnire la o terasă din Centrul Vechi. Dimineață, el îi scrisese că are ceva treabă la șase, n-ar putea să se vadă mai târziu? Ea îi răspunse: *OK, la 7 atunci?* Așteptase toată ziua confirmarea lui, dar el nu mai răspunsese nimic, așa că Andra nu riscase să se ducă degeaba. Îi părea rău, Dani era primul tip interesant după ce respinsese câteva tentative jalnice de: *Bn, cf?*, *I-mi zici si mie cum te cheama?* sau *Dau limbi*. Se dusese acasă ridicând din umeri și făcându-și planuri pentru o seară cu un castron de fistic în față, o bere și un film romantic.

Toată povestea asta cu întâlnirile online era cam obositoare. Încerca să-și revină după o relație care o cam zdruncinase și nu căuta ceva serios, doar pe cineva cu care să se simtă bine. Nu avea o listă pe care să bifeze vârstă, carieră, situație materială, obligații și așa mai departe, cum văzuse ea la alte fete, dar tot era greu să găsească un tip decent. Noroc cu primăvara, cu cireșii ei înfloriți și parfumul de zambile, care o mai înveseleau după o iarnă lungă și mohorâtă.

Acum, trei fețe triste o priveau de pe ecran. *Nu rămăsese să ne vedem la 7?* Ea i-a scris repede: *Păi n-ai confirmat.* A pus și un emoticon cu limba scoasă, așa, să mai înmoaie tonul de reproș. După asta, a urmat o pauză destul de lungă. Andra rămăsese suspendată în hol, cu un picior descălțat în aer și celălalt încă în pantoful cu toc. A aruncat și al doilea pantof, și-a scos rochia sobră cu care fusese la un eveniment de strângere de fonduri și s-a așezat pe canapea. Locuia într-o garsonieră din Berceni, pe care o închiriase de la o babă care stătea pe același etaj cu ea. Nu prea-i plăcea baba, fiindcă venea mereu la ușă cu tot felul de pretexte, dar era destul de rezonabilă: luase înapoi o parte din mobila veche și urâtă și o lăsase să mai schimbe diverse prin cameră, astfel încât să-i dea un aer mai minimalist și mai practic. Cartierul era aglomerat și urâțel, dar se obișnuise acolo și, în plus, chiria era mică.

Scuze, nu mi-am dat seama că n-am răspuns. Deci vii? 😊

Andra a calculat timpul pentru duș, schimbat, drumul cu metroul până în centru. *Ar mai dura încă vreo oră. Aștepți?* Dani a răspuns cu o îmbrățișare virtuală. Seara se anunța interesantă, până la urmă.

Când a ajuns în centru, Andra s-a gândit că încă nu făcuseră schimb de poze, iar cele de profil puteau fi înșelătoare. *Cum ne recunoaștem? Eu am părul lung și sunt albastră.* N-a mai primit răspuns: de la terasă, un tip slab, tuns foarte scurt, cu aer melancolic, îi zâmbea admirativ și arăta spre rochia ei de culoarea mării într-o zi noroasă.

— Deci de-asta erai albastră. Am crezut că ai părul albastru și m-am speriat.

— De ce? Ce ar fi fost rău în asta?

— A, nu, nimic, doar că... n-ar fi fost chiar genul meu.

— Și care e genul tău?

— Păi... cred că tu.

În seara aceea și aproape în fiecare seară din următoarele săptămâni, au stat de vorbă despre ei, cărți, muzică, filme, profesii, călătorii, visuri și amintiri. Ea era mulțumită, chiar mândră de munca ei în ONG, el lucra la Resurse umane într-o corporație. Ea purta evazați și rochii înflorate și îi povestea despre Vamă, el venea la întâlniri în cămașă și pantaloni de stofă și se îngrozea la gândul că ea face nudism. Ea zâmbea mult și asculta muzica tare, el mijea ochii dacă i se părea că este prea prietenoasă cu un alt bărbat. Uneori, Andra se întreba ce îi ține împreună, din moment ce au atât de puține lucruri în comun, dar răspunsul nu îi era nici ei clar. Amâna să-l prezinte prietenilor, găsind mereu scuze și față de el, și față de ei.

Când Cătălina a întrebat-o de tipul cel nou, i s-a părut mai ușor să facă o analogie:

— Păi, știi, e ca atunci când adori cafeaua și nu te poți abține, deși știi că îți dă palpitații și te ia cu tremurat. Ai hotărât să renunți la ea sau măcar să iei o pauză, ca să nu-ți faci inima praf. Dar ți-e dor de gustul ei, de energia aia mișto pe care ți-o dădea, așa că-ți iei un amărât de *cappuccino*. Nu are tăria și savoarea unui *espresso*, dar măcar e cald și e acolo.

Filosofia asta de viață avea și defecte. Din când în când, trecutul îi năvălea în minte, mai ales când prezentul o nemulțumea. Ea se străduia să-l alunge și să-și spună că e bine, uite, are pe altcineva, se vindecă, n-are niciun rost să rămână agățată de o relație care, care... Ofta și se uita cu un amestec de dor și teamă la telefon. Și dacă l-ar suna? Doar așa, să vadă ce mai face. Și ce să-i spună? Că ea are o viață nouă, că e fericită, că speră că și el... Nu le-ar fi trebuit mult să cadă în vechea lor rutină: tăcerile încărcate de sensuri, aluziile, glumițele, până la urmă, cedarea, întâlnirea, sexul înfometat și deruta de a doua zi, apoi așteptarea, frustrarea, promisiunile că niciodată n-o să mai, reluarea luptei cu ea însăși. Ca un dependent, trebuia să reziste oricărei tentații. Să-și amintească de fiecare dată motivele pentru care hotărâse să rupă cercul, caruselul acela continuu, în care ba râdea în hohote, ba plângea cu sughițuri, până când, spre final, ajunsese să nu mai aibă nici încredere să râdă, nici putere să plângă. Nu-i părea rău că se întâmplase. Dacă cineva i-ar fi zis că poate să dea timpul înapoi, probabil că ar fi ales la fel. Cu toată nesiguranța și suferința pe care i le adusese, povestea aceea de câțiva ani avusese și părțile ei bune. O făcuse să se simtă vie. Îi era recunoscătoare, dar obosise. Și trebuia să rămână hotărâtă. Să se vindece. Acum, chiar dacă nu mai vedea lumea din al nouălea cer, măcar știa că nu o să mai ajungă cu inima frântă. Și-o proteja și alina cu multă banalitate, uneori chiar cu plictiseală. Dădea din cap cu fermitate și decreta sec, de parcă încerca să se convingă și pe sine: da, e mai bine așa!

Uneori, totuși, Dani o surprindea, pentru că, în corpul lui mai degrabă firav, părea să ascundă o forță vitală care o speria cu intensitatea ei. Nu se simțea foarte atrasă de el, dar îi plăcea să se simtă dorită. Într-o noapte, pe cearșaful mototolit sub corpurile lor goale, transpirate de zăpușeala verii și de efortul sexului, Andra a șoptit ca pentru sine:

— Vreau să meargă de data asta.

— Ce să meargă? a întrebat el leneș.

— Relația asta. Noi doi, a explicat ea, surprinsă să-și audă propriile cuvinte.

El s-a sprijinit într-un cot, cu fața la ea, și, luându-și o mină serioasă, a scos o replică de filme americane:

— Trebuie să vorbim.

I-a povestit atunci că tocmai își găsise un job de nerefuzat și că peste două săptămâni urma să plece în Dublin. Că, deocamdată, cariera era prioritatea lui, să nu se supere. Îi părea rău, nu încercase s-o rănească. Nu putea să-i facă promisiuni.

Andra l-a privit câteva secunde fără să răspundă: îi cunoscuse prietenii, făcuseră planuri de excursii, nu-i zisese niciodată nimic despre asta.

— De când știi? l-a întrebat ea.

— Speram încă din aprilie, când am dat primul interviu. Dar n-am știut sigur până acum câteva zile.

— De ce ai mai început ceva cu mine dacă aveai de gând să pleci? a zis ea înciudată. Relațiile asta cu pauze nu merg, nu pe termen lung.

Îi tremurase vocea. Știa asta bine, o testase deja pe pielea ei data trecută.

El a tăcut. Nu-i propusese să continue relația la distanță. Nu prea înțelegea ce se întâmplă. Nici nu se așteptase ca ea să fie atât de afectată. Credea că doar își ocupă și ei timpul cu ceva. Nimic serios. A dat să întindă o mână spre obrazul ei, s-o mângâie, dar i s-a părut că vede o lacrimă și s-a oprit.

Ea s-a ridicat brusc din pat și s-a dus la fereastră. Nu a făcut efortul să se acopere cu ceva, se simțea bine în pielea ei. De la etajul opt, vedea acoperișurile blocurilor și terasele pustii din jur. Forfota serii de weekend se risipise, se mai auzeau răzleț doar câteva voci gălăgioase de petrecăreți întârziați. Nu știa de ce era atât de supărată, doar cuvintele acelea de mai devreme le rostise mai mult pentru ea, pentru a le forța astfel să devină realitate. Și-a închipuit cum ar fi arătat relația lor peste trei, șase luni sau poate un an, dacă ar mai fi existat. Cu ea uitându-se tot mai scârbită la hainele lui de corporatist și aerul serios, cu el tot mai gelos pe orice bărbat care îi ieșea în cale, cu ea tot mai nostalgică după pasiunea de altădată, cu el tot mai frustrat de lipsa ei de apetit sexual, cu ea tot mai distantă, cu el tot mai disprețuitor. Dar dacă el pleca, nu mai era nevoită să treacă prin toate astea. A închis ochii și a numărat în gând până la zece, ca să se liniștească.

— Trebuie să vorbim, a zis el și ea a tresărit lângă el, pe pat.

El i-a povestit atunci că tocmai își găsise un job de nerefuzat și că peste două săptămâni urma să plece în Dublin. Că, deocamdată, cariera era prioritatea lui, să nu se supere. Îi părea rău, nu încercase s-o rănească. Nu putea să-i facă promisiuni.

Andra a întors capul spre el și s-a încruntat: nu tocmai îi spusese toate astea? Nu tocmai se dusese ea la fereastră, supărată, deși chiar n-avea motiv? A închis din nou ochii, amețită. Ce rahat se întâmplă? Doar n-o s-o ia razna din atâta lucru. A numărat mai mult de data asta, rar și apăsat, respirând adânc. În aerul plăcut de aprilie, rochia ei albastră se reflecta în privirea unui tip slab, tuns foarte scurt, cu aer melancolic, care o aștepta la o terasă. Deci așa funcționa? Râzând de-a binelea acum, a strâns din ochi și a numărat în gând până când s-a trezit în garsoniera ei din Berceni, cu un picior descălțat în aer și celălalt încă în pantoful cu toc. *Nu rămăsese să ne vedem la 7?* o întreba ecranul telefonului. *Îmi pare rău, nu pot să vin*, a răspuns ea. *Am planuri cu o pungă de fistic, o bere și un film în seara asta.*

Orizont

Pe Andu îl cunoscuse prin niște prieteni de-ai Dorinei, care insistase să iasă cu ei în oraș în seara aceea de mijloc de mai. Îi plăcuseră pielea lui bronzată, părul brunet, lunguț, brățările din piele împletită și cămașa albă de in, descheiată la gât exact cât să lase la vedere o porțiune păroasă de piept, care invita la mai mult. Toate astea îi dădeau un aer boem, care o făcea să se gândească la mare și la vară. În plus, când povestea, avea așa o relaxare și un amuzament în voce, ca omul care a călătorit prin lume și a văzut atâtea, încât a ajuns la un nivel de înțelegere superior. Dana, care, la douăzeci și șase de ani, era secretară într-o firmă de instalații sanitare din provincie, l-a văzut ca pe o gură de aer proaspăt în zilele ei cenușii, aproape identice. L-a ascultat cu ochii mari și zâmbetul larg, iar el, simțind că are public, parcă a prins avânt.

S-au mai întâlnit de câteva ori după aceea. El era proaspăt întors în oraș, după vreo doi ani prin Italia și Spania, unde făcuse tot felul de munci: agricultură, construcții, transport de marfă, ce găsise și el. Numai că i se păruse greu printre străini și îi fusese tot mai dor de casă și de prieteni, așa că hotărâse să renunțe. Ea revenise în orașul natal după ce încercase doi ani de facultate în București; capitala nu îi pria, distanțele mari și aglomerația constantă o oboseau. Prefera locurile familiare și viața mai tihnită. Ai ei fuseseră nemulțumiți de decizia ei, reproșându-i că s-au sacrificat să o țină doi ani la studii, dar ea le închisese gura mutându-se de acasă și găsindu-și un serviciu. Nu avea să stea pe capul lor. Trecuseră mai bine de cinci ani de atunci și reproșurile luaseră altă formă între timp: dar ea când se mărită, când face copii, că trece viața pe lângă ea și ei mor mâine-poimâine și rămân fără nepoți. La început, Dana schimba subiectul, pe urmă încerca să le explice că nu e ca și cum n-ar vrea ea, totuși nu e chiar așa ușor, până când, exasperată, ajunsese să se certe cu ei și să plece trântind ușa.

De când cu Andu însă, parcă înflorise. Între munca monotonă și cicăleala părinților, întrezărea, cu un entuziasm pe care nu prea reușea să și-l țină în frâu, povestea de iubire la care tot visase. Întâlnirile cu el deveniseră motivul pentru care zâmbea dimineața. Ca să se pregătească pentru ele, își înnoise garderoba, își schimbase tunsoarea și își vopsise părul roșcat natural într-o nuanță mai închisă. Își înveselise până și casa, în încercarea de a o face cât mai primitoare. Fără să-și dea seama, Dana își făcea cuib. De mână cu el, părea că abia acum își descoperea orășelul cu adevărat: veșnicele străzi și clădiri șterse i se păreau mai colorate, mai pline de viață sau mai încărcate de sensuri, în funcție de poveștile și de gesturile lui. Prin intermediul lui Andu, Dana călătorea într-un univers paralel, în care locurile erau cele de mult cunoscute, dar nimic nu rămânea la fel; parcă nici ea nu mai era aceeași. Ca într-un serial pe care îl văzuse ea odată, în care eroina era cuminte, chiar anostă într-o lume și femeie fatală, exuberantă în alta. Cumva, trecuse pe nesimțite granița dintre cele două și nu voia să se mai întoarcă niciodată, deși, adânc în sinea ei, se temea că cea veche era lumea reală, iar asta nouă, pur și simplu iluzorie.

După ce au epuizat plimbările de-a lungul și de-a latul orașului, s-au văzut tot mai des la o terasă ascunsă pe niște străduțe lăturalnice, de care ea nici nu știuse și, în curând, la el sau la ea. La barul cu aer underground, muzica era bună, iar berea, ieftină. „La el" însemna în apartamentul de două camere în care îl primise temporar un fost coleg de liceu. „La ea" însemna în garsoniera pe care o închiriase într-un bloc vechi, care mirosea a prăjeală și a aer stătut. După două luni, s-au mutat împreună la ea și Dana a răsuflat ușurată că relația ajunsese la următorul nivel.

În august, și-a luat concediu zece zile și au plecat împreună în Vamă. El nu prea mai avea bani, așa că a plătit ea cazarea. Atunci s-a gândit pentru prima dată că Andu bea cam mult, dar a dat vina pe faptul că erau la mare, în vacanță, se relaxa omul, ce era să facă? Numai că banii se împuținau și ea știa cel mai bine asta, că doar ieșeau din buzunarul ei. În ultima seară, s-au certat tare, fiindcă el voia să mai stea, se întâlnise cu niște cunoscuți care erau cu cortul. Dar am venit împreună, s-a revoltat ea, de ce să rămâi singur aici? El a făcut-o burgheză și geloasă, i-a reproșat că nu înțelege libertatea și i-a zis că nu poate să fie cu cineva care nu-i respectă stilul de viață. Dana a adormit plângând, singură în camera de la pensiune, pe fundal de bași, voci și râsete care se auzeau de la terasele din jur. Lumea continua să existe și își vedea veselă de ale sale, indiferentă la micro-universul care se năruia între cei patru pereți cu gresie pe jos și o baie minusculă în colț. Dimineață, s-a trezit cu el la ușă; avea ochii roșii, nedormiți, părul încâlcit, urme de nisip pe haine și zâmbetul... zâmbetul ăla ștrengar și irezistibil. Nu i-a zis unde a fost și ce a făcut, iar ei i-a fost frică să întrebe. I-a fost frică de fisura aceea care se forma între ei și care putea să se caște în ditamai groapa, care să-i înghită pe amândoi sau poate numai pe ea.

Restul verii a trecut repede, iar mohoreala toamnei s-a insinuat tot mai mult între ei. Lucrurile au intrat ușor într-o rutină la care ea s-ar fi așteptat mult mai târziu, după ani de relație. Dana mergea zilnic la birou, el stătea acasă; seara, îl întreba obosită dacă a mai trimis CV-uri sau a fost chemat la vreun interviu. A vorbit chiar și cu șeful ei, a apelat la foști colegi, la diverse cunoștințe, dar el ba strâmba din nas, zicând că jobul oferit e sub nivelul lui, ba dădea vina pe oameni, că sunt aroganți sau că vor să-l tragă în piept, ba nu-i convenea salariul, ba uita să se prezinte la întâlnirea stabilită tot de ea. Când făceau dragoste, se uitau la un film sau găteau împreună, părea că totul merge bine. Atunci, felul lui relaxat de a fi o scotea și pe ea din vâltoarea gândurilor și a planurilor, dar întotdeauna revenea la ele, speriată oarecum că, preț de o clipă, o oră, o zi, a pierdut controlul și alunecă și ea, odată cu el, pe panta nepăsării. „Gândești prea mult!" îi zicea el, iar ea încerca să oprească mecanismul cu rotițe bine unse și să-și golească mintea. Treptat însă, ceea ce i se păruse atât de atrăgător la el înainte – spiritul liber și detașarea de lucrurile lumești, mărunte, neplăcute, dar obligatorii – a început să o scoată din minți. Reproșurile s-au întețit: și hipioții puteau să-și ia un serviciu ca să contribuie la cheltuieli, să o scoată în oraș din când în când sau să-i facă și ei câte un cadou; dacă ar mai face și el curățenie prin casă, dacă nu s-ar mai juca pe calculator toată ziua sau n-ar ieși aproape în fiecare seară la bere – chiar așa, pentru băutură de unde avea bani? –, dacă, dacă, dacă...

Era prinsă la mijloc între „trăiește clipa“, așa cum o îndemnau, parcă cu reclame luminoase, Dorina și articolele de pe internet, și „e vremea să te așezi și tu la casa ta, lasă-l p-ăsta, dacă nu-i serios, caută altul, timpul trece“, care îi răsuna în minte chiar și când nu vorbea cu mama. Dar nici clipa asta nu era chiar așa frumoasă încât să vrea să nu se mai termine niciodată. Chiar dimpotrivă. Iar perspectiva de a se așeza la casa ei o speria, dacă asta însemna să ducă singură tot greul. „Ar trebui să zâmbești mai des, ești prea serioasă“, i-a spus Andu într-o seară, când ea se cam pleoștise la glumele lui proaste. Bine, nu erau chiar proaste, doar puerile, așa, ca o glazură roz pe un tort de om mare. A încercat să intre în joc, însă fără prea mare tragere de inimă. Sigur că avea și ea simțul umorului, dar nu despre asta era vorba.

Replica lui de atunci i-a rămas ca un spin în talpă. Umbla cu senzația aceea supărătoare, de durere ba surdă, ba ascuțită, și știa că trebuie să se oprească, să scoată ghimpele și să lase carnea să se vindece. A sucit-o pe toate părțile în nopțile cu vise agitate și în zilele plicticoase, cu stat la cozi în market și înregistrare de facturi în sistem, la birou. În minte i s-a strecurat îndoiala. Dacă avea dreptate? Dacă era într-adevăr prea serioasă? Dacă viziunea ei era modelată, dulceag și nerealist, de filmele și cărțile de dragoste americane sau de revistele pentru femei? Dacă vocea mamei, repetată până la saturație de-a lungul anilor, își croise un făgaș atât de adânc în mintea ei, încât orice alte gânduri alunecau în aceeași direcție? Dacă înverșunarea asta de a avea o relație „serioasă“ nu era, de fapt, a ei, ci a societății, a celorlalți? În cazul ăsta, ea cine era și ce voia?

Într-o seară, erau cu niște prieteni la masă, în barul care nu i se mai părea underground, ci o speluncă nenorocită, și Andu tocmai povestea, pentru a mia oară, întâmplări cu beții crunte de demult și cu glume făcute unuia din liceu. Stătea, ca de obicei, picior peste picior, bâțâindu-l în ritmul muzicii, și trăgea nonșalant din țigară. Era deja la a patra sticlă de bere. Dana știa ce urmează: privirea din ce în ce mai încețoșată, limba tot mai împleticită, vocea tot mai tare, veșnica târguială de hai-să-mergem-acasă-mai-iau-o-bere-și-gata. Dorina îi sorbea cuvintele, ca ea altădată, și râdea cu lacrimi la povestea lui. Dana nici nu s-a mai obosit să schițeze un zâmbet. Doar s-a uitat undeva, dincolo de ei, spre un orizont numai de ea văzut. Hărmălaia din jur s-a stins treptat până când a ajuns un zumzet, care s-a pierdut undeva, în depărtare.

Alte vremuri

Am zărit-o. E așezată la masa din colțul terasei și butonează telefonul cu un aer preocupat și sfidător. Ca de obicei. Mă apropii de ea, încercând să par cât mai relaxată. Noroc că am ochelarii de soare și nu se vede că zâmbetul nu mi-a ajuns și la ochi. Își dă capul pe spate, în gestul ăla tipic al ei, de parcă ar încerca să mă privească de sus chiar și când stă așezată. Nu ne pupăm, nu suntem genul de surori care se pupă când se întâlnesc sau se despart. Doar ne salutăm cu un amestec de răceală și bunăvoință.

— Te-ai mai îngrășat sau mi se pare mie? mă întreabă Andreea măsurându-mă scurt.

Ridic din umeri, fără să răspund, invidioasă pe silueta ei lucrată la sală. Trag de poalele cămășii, apoi răsfoiesc meniul cu atenție. Știu că o să-mi judece alegerea. Doar pentru că e cu cinci ani mai mare decât mine, se crede îndreptățită.

— Shirazul ăsta de care mi-am luat eu e super OK, zice ea cu un aer de cunoscător.

De Shiraz tot de la ea am aflat, eu sunt mai degrabă genul care cumpără Fetească de la supermarket. Înghit în sec, obișnuită să-mi reprim poftele. Ca atunci când visez la ciocolată, la pizza sau la cheesecake, dar sunt la regim. Acum însă e altceva. Un bărbos cu părul strâns în coadă de cal, cu un tricou negru pe care scrie *Sinners*, se apropie de noi. Îi cer o apă plată și mă gândesc că seamănă cu Radu. Numai că pe Radu îl văd aproape în orice bărbat de când a plecat. Mă forțez să mă scutur de amintirea lui și să revin la soră-mea. Cu o voce care se vrea nonșalantă, dar care nu reușește decât să sune ridicol de subțire și de fals, zic:

— Și? Ce mai faci?

Andreea e ceva manager într-o corporație și aproape toată lumea ei înseamnă „*call*-uri, *meeting*-uri, *planning*-uri și alte *bullshit*-uri" – cuvintele ei –, deși bănuiala mea e că viața asta nu doar îi place, ci i-a devenit ca un drog, la fel ca romgleza. Când o întreb ce mai face, știu bine că urmează să-mi povestească cel puțin jumătate de oră despre cât de proști sunt ceilalți și cât de deșteaptă e ea, dar e exact ce-mi trebuie ca să trag de timp. O jumătate de oră e de ajuns, cred, ca să-mi intru în rol.

Vinul m-ar fi ajutat, deși știu că nu în alcool ar trebui să-mi caut puterea, ci în mine. *Embrace my inner child*, cum m-ar îndemna o memă cu inimioare de pe Facebook sau cărțile de *self-help*. Dar copilul ăla din mine nu stă la îmbrățișat. Fuge, se ascunde, la fel ca atunci, demult, când izbucneau scandalurile. Tata mă găsea după o vreme în lada de la recamier, ascunsă printre perne. Îmi arunca o privire tristă, încerca să spună ceva, apoi se răzgândea. Îmi lăsa o palmă grea pe cap, o mângâiere stângace, după care dădea din mână – a salut?, a lehamite?, n-am știut niciodată – și pleca. Lipsea cu zilele de acasă, iar mama continua să-l boscorodească, jurând că n-o să-l mai primească înapoi. Să se ducă la curvele lui, așa zicea. Când obosea, se așeza la masa din bucătărie și împietrea așa, cu ochii în gol.

Andreea era dură încă de mică. Pe ea n-am văzut-o niciodată plângând. De cele mai multe ori, se închidea în camera ei ca într-un sanctuar. Părea că e în altă lume decât mine, iar noi două ne întâlneam doar accidental. Îmi doream să mă lase și pe mine acolo. Visam că facem echipă – ea, șerif, eu, ajutorul ei – împotriva bandiților. În schimb, îmi trântea mereu ușa în nas, iar eu mă simțeam ca un ciulin rostogolit pe drumul prăfuit, înaintea confruntării. Uneori, o vedeam plimbându-se prin fața blocului cu prietenele ei sau cu vreun băiat. Se făcea că nici nu mă cunoaște și parcă dinadins râdea mai tare, arăta mai fericită. Câte unul observa că mă uit lung după ei și o întreba cine sunt. „Grasa aia? Habar n-am!“ zicea ea și trecea mai departe.

Trag iar de cămașă. Pe fundalul monologului ei, îmi dau seama că nu ajută să rememorez toate astea. Și totuși, așa fac de fiecare dată când ne vedem. Simpla ei prezență o trezește în mine pe Cătălina aia „mică și proastă“, care se teme că îi va cădea iar victimă. Adultul de azi încearcă să ignore copilul de atunci și, până la urmă, ajung o ființă cu mai multe capete: unul care se teme și se ascunde, altul care vrea să muște și să se apere, un al treilea care își dorește o îmbrățișare ca între surori iubitoare, un al patrulea care încearcă să zâmbească grațios în public. Nici nu-i de mirare că-mi vine și să țip, și să plâng. Mi-or fi luat-o hormonii razna.

— ... și *those fucking morons* habar n-au ce înseamnă buget. Se trezesc cu două zile înainte de deadline că n-au trimis...

Andreea continuă să vorbească, nici măcar nu observă că n-o ascult, că mă preocupă ceva. Sau poate nu-i pasă. Mereu a considerat vulnerabilitatea o slăbiciune: să nu se vadă ce simți sau ce gândești, să nu lași garda jos nicio clipă. Ea, dacă inima aia a ei de piatră s-a înmuiat vreodată suficient cât să simtă ceva, a reușit s-o ascundă foarte bine. „*Poker face*", așa am poreclit-o. Am încercat și eu s-o copiez. Mă pregătesc cu ore înainte, repet în gând sau cu voce tare răspunsuri degajate, posibile apărări la eventualele ei împunsături, exersez în oglindă o atitudine relaxată, mă forțez să-mi țin spatele drept și bărbia sus. Totul e teatru. Dar nu sunt sigură că-mi iese.

Aș vrea să pot renunța la spectacolul ăsta ieftin. S-o iau în brațe și să-i plâng pe umăr. Sau să râdem în hohote de toate prostiile, ca două prietene. Cred totuși că n-am ști cum să facem asta. Gesturile ne-ar fi străine. Nu țin minte să ne fi îmbrățișat vreodată. Singurele atingeri veneau cu bobârnace și cu jigniri. „Ce-i cu șuncile astea pe tine?", zicea împungându-mă în burtă. Sau „Mai dă curu' ăla jos, că te-ai făcut cât o baniță!" și-mi ardea una peste fese. Sau „Acoperă-ți dracu' lăptăria, ce, ți s-a făcut de futut?". Încă simt durerea ascuțită pe care mi-o provocau ghionturile ei în sâni. Aveam doișpe-treișpe ani și mă înroșeam dacă măcar vorbea vreun băiat cu mine.

După ce a terminat liceul și a intrat la facultate, la ASE, a plecat de acasă și dusă a fost. Nici n-am mai primit vești de la ea. Aflam de la colege de-ale ei că locuia la cămin, se angajase, îi mergea bine. Acasă rămăseserăm doar eu și mama, tata încetase să mai încerce. După câțiva ani, când am ajuns și eu în București, am căutat-o. Mă gândeam că o să putem lua totul de la zero. Am găsit-o însă tot străină, tot rece. Primele dăți, m-a expediat cu câteva bancnote și cu aerul c-o deranjez, că n-ar vrea s-o fac de rușine în fața noilor ei prieteni. Pe urmă, după ce am renunțat la așteptări și m-am descurcat singură, chiar dacă nu la fel de bine ca ea, parcă s-a mai înmuiat și am început să ne vedem mai des. Tot fără căldură din partea ei, tot cu încordare din partea mea.

Ca acum. Nu cred că a trecut jumătatea de oră, dar nu pot să mă uit la ceas. Mâinile îmi tremură pe sub masă. Ca în copilărie. „Termină odată! Ești om în toată firea!“ mă cert singură. Ca să le păcălesc, îmi împletesc degetele în jurul paharului cu apă. Din când în când, ridic din sprâncene, dau din cap, râd scurt. Am învățat să mimez reacțiile potrivite după intonație, chiar dacă nu sunt atentă la detalii. De altfel, nici ea nu așteaptă vreun cuvânt de la mine. Are nevoie doar de un public în fața căruia să se desfășoare.

Poate că nu suntem chiar așa de diferite. În definitiv, și eu îmi repet, de ani de zile, rolul învățat pe de rost. Doar că, în cazul meu, nu e laudă de sine, ci jignirile și dezgustul cu care m-am obișnuit de o viață. Chiar dacă am scăpat de kilogramele în plus, în sinea mea am rămas tot o grasă. Și oricine îmi stă în preajmă devine automat public, martor, ecou. Iar eu, cel mai aspru judecător. Diferența e că Andreea îi judecă pe alții, iar eu pe mine.

Radu a suportat o vreme, o fi crezut că e doar o fază sau că poate să mă ajute. Dar cât plâns de milă? Și câtă gelozie să suporte? După ultima ceartă, săptămâna trecută, și-a aruncat câteva lucruri într-un rucsac și a plecat. Ușa trântită, tăcerea asurzitoare rămasă în urma lui, ochii ațintiți în gol: scenariul mi-era familiar ca o păpușă veche cu fața mâzgălită și rochia murdară. Asta eram și eu. Ca mama. Prea târziu am înțeles că nu e de ajuns să te iubească, în sfârșit, cineva. Trebuie să te iubești și tu.

Andreea și-a încheiat tirada și își aruncă părul pe spate cu un gest ca desprins din reclamele filmate cu încetinitorul. E semn că s-a plictisit și că în curând o să schimbe subiectul. Îmi dau și eu rapid părul decolorat după ureche. Am vrut să fac un efort, știind că ea nu doar că o să arate ca scoasă din cutie, dar o să se și uite critic la pletele mele neîngrijite. N-am reușit decât să mă spăl pe cap. Bănuiesc că e și asta ceva. Îmi simt gura uscată și mi-e greață. Cu amândouă mâinile, iau paharul și scurg și ultimele guri de apă. Bărbosul ne întreabă dacă vrem să ne mai aducă ceva și întinde mâna să ia paharele goale. Am strâns atât de tare sticla groasă și colțuroasă, încât mi s-au albit încheieturile degetelor. Mi le descleștez cu greu. Și dinții la fel. Mă doare maxilarul. Radu mi-a zis că și noaptea scrâșnesc în somn. Gândurile îmi zboară iar la el. Nu-mi dau seama că Andreea așteaptă să comand de băut, decât când o văd ridicând nerăbdătoare din sprânceană.

— Pentru mine, o limonadă.

Adaug repede către ea:

— Mi-e prea cald să beau alcool.

Nu pare să audă explicația, la fel cum n-a părut să-i pese ce am băut nici înainte. Stă rezemată, picior peste picior, butonând pe telefon, arătând ca un om important. O observ oarecum cu ciudă. Bine, clar cu ciudă. Dar nu din cauza banilor sau a poziției sociale, ci pentru că e puternică. Sau măcar se pricepe să dea impresia asta. Și totuși, nu știu mai nimic despre ea, despre omul din spatele hainelor scumpe și al machiajului ireproșabil. Nu știu dacă, dincolo de masca asta, e și ea un om cu regrete și îndoieli, dacă se simte vreodată singură sau dacă mă iubește, chiar și în felul ăsta al ei neverosimil și distant. O singură dată, împinsă de euforia de moment a unei seri cu mult vin și cu amintiri din copilărie, am îndrăznit s-o întreb dacă îi pare vreodată rău că nu mi-a fost o soră mai bună. Și-a dat ochii peste cap și a scos un singur și vag „Au fost alte vremuri…“. N-am insistat. Poate mi-era frică să aflu răspunsul.

Între timp, de tata n-am mai auzit nimic. Mama a devenit tot mai amărâtă și mai înrăită. Într-un final, s-a îmbolnăvit și s-a dus în câteva săptămâni. Așa că am mai rămas doar eu și Andreea. Am continuat să ne întâlnim în ultima joi din fiecare lună, habar n-am dacă din obișnuință sau obligație, dintr-un soi de teamă să întrerupem o relație de sânge veche de aproape treizeci de ani sau dintr-o nevoie nemărturisită a uneia de cealaltă. O nevoie a mea de a mă inspira din duritatea ei, o nevoie a ei, poate, de a-și spăla păcatele de demult. Cine știe? Noi nu. Pentru că noi nu vorbim despre asta.

Acum se uită la mine și așteaptă. E semn că e rândul meu. Andreea mă întreabă despre mine cu același aer aproape indiferent, ca și cum ar trece la următoarea chestiune de pe ordinea de zi într-o ședință plictisitoare. Mă trezesc vorbind, numai că spun banalități, povestesc despre pisică și un articol citit recent, despre colegii de muncă și vecina de la parter. Nimic despre lupta mea constantă cu greutatea și cu moștenirea grea a mamei; nimic despre despărțirea de Radu; și nici despre motivul pentru care, de data asta, sunt hotărâtă să las trecutul în urmă. Ea tace, mă ascultă cu un surâs exersat, abia schițat, iar eu mă prefac că nu observ aerul ăla al ei cu care se minunează cum pot unii să ducă astfel de existențe mărunte.

Pe măsură ce vorbesc, îmi dau seama că îmi vine să ies din rol. Că vreau să împărtășesc momentul ăsta, poate cel mai important din viața mea, cu singura persoană care mă cunoaște dintotdeauna. De bine, de rău, singura mea familie. Că mi-ar plăcea să am măcar o dată o discuție intimă și sinceră cu ea. Mă hotărăsc să-i spun tot. Deschid gura, dar cuvintele nu ies. Parcă mi s-au oprit în gât, uimite că li se dă voie să iasă. Cum să zic? Cu ce să încep? Cu cât aștept mai mult, cu atât mi se urcă mai tare în piept spaimele copilăriei: certurile, privirea înlăcrimată a mamei, absența tatei, Andreea întorcându-mi spatele. Simt un gust acru. Îl forțez înapoi și respir adânc. Nu, Radu n-o să mă abandoneze, ca tata, iar eu n-o să ajung ca mama. Nici sora mea parcă nu mai e *bully*-ul de altădată. Poate că, în sfârșit, avem șansa să fim și noi o familie. Una adevărată. Mă îndrept și zâmbesc, gata să-i dau marea veste.

Masa vibrează și Andreea răspunde la telefon. Se lansează într-o discuție tehnică pe care nu o urmăresc. Mă las la loc pe spătarul scaunului și aștept să termine. La mesele din jur, sunt un cuplu, un grup care pare să sărbătorească ceva, un bărbat care tocmai întâmpină o femeie. Pe stradă trec tineri ținându-se de mână, mame cu copii în cărucioare, câțiva turiști străini. Oameni care par relaxați și veseli. Normali. Vreau și eu viața lor. Vreau să am viața asta cu Radu. Tonul Andreei e din ce în ce mai tensionat.

— Da. Da. Bine! Am înțeles. OK. Ajung în jumătate de oră, zice ea la telefon și, ca un adevărat manager obișnuit cu multi-tasking, îi face semn bărbosului să ne facă nota.

Vreau să protestez, să n-o las să plece tocmai acum, dar ea deja scotocește în poșetă.

— *Fucking idiot!* Deci la începutul anului mi-au adus-o pe una în echipă, cică să mă ajute, și proasta asta s-a trezit că-i gravidă și mă lasă cu toate proiectele ei pe cap. Și șeful meu mă cheamă pe mine din timpul liber să strâng în urma ei. Ce dracu' le-or fi trebuind copii? N-au auzit de prezervative?

Obrajii îmi ard de parcă mi-a ars două palme. Clipesc des, disperată să nu las să se vadă nimic. Încuviințez din cap cu un rictus încremenit pe față. Vocea ei se aude de undeva, de departe, dar eu n-o mai ascult. O mână așază ceva pe masă, în spațiul tot mai mare dintre noi. Tresar. Bărbosul a adus nota. Întind automat o bancnotă de cincizeci, dar unghiile lungi și îngrijite la salon ale Andreei le alungă scurt pe ale mele, roase din carne. Sora mea lasă un bacșiș generos, apoi ne ridicăm, o pereche de pantofi cu toc și una de teniși. Ea îmi zâmbește grăbit, doar din buze, și îmi aruncă obișnuitul „Pe data viitoare!". Eu îmi netezesc cămașa peste pântec, într-un gest învățat recent, dar nu răspund.

Animal Planet

Peste o sută de metri, virați la dreapta. Alex merge cu pași nesiguri și cu ochii ațintiți pe ecranul telefonului. De la metrou, tot așa a parcurs cele câteva străduțe, riscând de vreo două ori să dea peste oameni și o dată să se împiedice de o bordură. Acum, în sfârșit, în fața unei porți metalice dincolo de care se ridică o casă mare, veche, acoperită cu iederă, vocea artificială îl anunță: *Ați ajuns la destinație.* Oprește aplicația și bagă telefonul în buzunar. Întinde mâna spre clanță, dar și-o trage la loc de parcă l-ar frige. Se uită în stânga, spre bulevardul pe care trec bară la bară șiruri lungi de mașini, apoi în dreapta, la vilele ascunse de garduri înalte și scufundate în liniște, ca și cum ar ascunde secrete dureroase de ochii trecătorilor grăbiți. De undeva, din spatele curții, ajung până la el voci vesele și muzică. Și-ar dori să fie o vulpe urbana, ele se adaptează ușor. Mai bine s-ar întoarce acasă.

Scoate din nou telefonul din buzunar și deschide WhatsApp. În grupul cursului de fotografie, ultimele mesaje sunt din urmă cu jumătate de oră. Verifică din nou harta, cu adresa exactă, și invitația la expoziție. Toți colegii lui și-au dat întâlnire acolo. Toți, mai puțin el. Cum nu participă aproape niciodată la discuții, probabil că uitaseră că mai e și el în grup. Adevărul e că nici el nu știe sigur ce s-a întâmplat de s-a hotărât să vină. Nu-i stă în fire să fie spontan, iar noutatea, sub orice formă, îl stresează. Își frământă degetele într-un gest pe care, de-a lungul anilor, s-a străduit să și-l controleze.

Un cuplu tocmai a cotit dinspre bulevard și se apropie de el. Alex se rotește ușor până ajunge aproape cu spatele la ei și așteaptă să treacă. Cei doi sunt prinși într-o conversație animată, nu-l bagă în seamă, dar când ajung în dreptul lui, se opresc. „Aici e“, zice fata și se uită întrebător la el. Alex se dă la o parte și-i lasă să intre. După încă o ezitare, se strecoară în urma lor, lăsând poarta să se închidă singură.

În capătul aleii, înregistrează rapid detaliile, de parcă ar fi un spion în misiune sau, mai degrabă, un râs aflat pe un teritoriu străin. Vede o curte dreptunghiulară cu gazon îngrijit și, la distanțe egale, arbuști ornamentali. Pe trei laturi ale curții se înșiră panouri pe care sunt expuse fotografii alb-negru de mai multe dimensiuni. Pe a patra, cea din stânga aleii, sunt pregătite două mese cu băuturi și gustări. Răspândite pe cei o sută de metri pătrați, vreo treizeci de persoane admiră exponatele sau stau de vorbă în grupuri mici, ținând în mână farfurii și pahare. Alex nu a mai fost la astfel de evenimente, nu iese prea mult, de obicei, dar o sete bruscă îi îndreaptă pașii spre mese. Își ia un pahar cu o băutură colorată și se duce într-un colț. Din umbră îi poate căuta în voie cu privirea pe colegi și, mai ales, pe Andra.

... *opt, nouă, zece*. Alex se oprește din băut și duce paharul înapoi pe masă, de unde își ia altul. Întotdeauna își numără înghițiturile și se oprește numai când ajunge la multipli de cinci. Indiferent de cât de sete îi e, ori mai forțează un pic după ce s-a săturat, ori se oprește cu câteva înghițituri înainte să-și astâmpere pofta. N-ar putea să ia paharul de la gură la unsprezece sau la șaptesprezece. Gândul ăsta nu i-ar da pace.

E ca atunci când vine mama cu sufertașele de mâncare gătită și i le așază în frigider, ca să aibă măcar câteva zile. La ei în casă, mâncarea a suplinit întotdeauna cuvintele și gesturile. Mamei îi era mai ușor să pregătească o tavă cu negrese sau o friptură cu garnitură de fasole verde, care să nu se atingă între ele, așa cum știa că îi place lui, decât să-l ia în brațe. Pentru că știa că asta *nu* îi place lui. De câțiva ani, Alex o informează de fiecare dată că, din moment ce nu mai e student, ci câștigă destul de bine ca programator, nu mai e nevoie să-i aducă pachete, dar răspunsul ei e standard: nimic nu-i ca mâncarea de la mama de acasă. Îi dă dreptate și o urmărește din ușa bucătăriei cum scoate diverse din sacoșe și i le înghesuie pe unde poate. El bate darabana în toc și dă să-i explice unde este locul fiecărei casolete, dar nu reușește să-i întrerupă tirada și mișcările pline de solicitudine. Când, într-un final, mama închide ușa de un alb imaculat, fără magneți colorați, ca cea de acasă, Alex îi mulțumește zâmbind chinuit, însă nu se poate mișca din prag. Talmeș-balmeșul din frigider îi stă ca o piatră pe inimă. O expediază pe mama în sufragerie și el se repede la mașinăria ce bâzâie în colțul bucătăriei, ca să-și ordoneze totul cum îi place lui: pe raftul de sus, numai lactate: iaurturi, brânzeturi, unt. Pe raftul din mijloc, carne: mușchiuleț feliat, chifteluțe, șnițele. Pe raftul de jos, altele: salata de vinete, humusul, măslinele și ardeii iuți umpluți cu brânză de la greci. Dedesubt, în sertare, salate și alte legume proaspete. Pe ușa frigiderului, sticlele și borcanele. Abia atunci contemplă satisfăcut rezultatul. Universul lui și-a recăpătat logica.

Întotdeauna a căutat ca lucrurile să aibă o ordine, un tipar pe care să-l recunoască și să-l controleze. Când era mic, își aranja cuburile de construit în ordinea crescătoare a mărimii, nu le stivuia și dărâma, ca ceilalți copii de la grădiniță. Primele întâlniri de joacă la el acasă au rămas și singurele, fiindcă băiețeii și fetițele invitate de mama lui nu aveau voie să pună mâna pe nimic și, plictisiți, nu mai veneau și a doua oară. La școală, termina primul exercițiile la matematică, în schimb, îi lua o veșnicie să înșire litere la caligrafie sau să scrie după dictare, fiindcă buclele și liniuțele trebuiau să-i iasă perfect. În adolescență, hormonii și coșurile au părut să-i dea mai multă bătaie de cap decât altora, așa că petrecea ore în șir închis în camera lui, citind de la reviste de știință și tehnică la romane SF obscure. Nici vârsta studenției nu a fost mai blândă cu el: deși erau și fete la Informatică, parcă trăiau într-un univers paralel, în care el nu știa cum să intre. Trecea pe lângă ele ca și cum ar fi fost invizibil, trăgând cu urechea la limba lor vie și colorată, dar fără să o înțeleagă pe deplin. Cu băieții, lucrurile stăteau un pic altfel. Învățase să le ignore privirile și comentariile ironice, cu care era obișnuit de mult deja, însă, la un moment dat, l-au căutat ei ca să-i ceară cursuri și să-l roage să le explice și lor ce nu înțeleseseră de la profesori. Așa că au încetat și răutățile.

Sucul ăsta a avut un gust neobișnuit, iar acum, un efect ciudat: parcă i se împăienjenesc ochii și i s-a făcut brusc cald. Ridică iar paharul la gură și ia cinci înghițituri. Hi, hi, îi vine să râdă așa, din senin. De ce și-o fi făcut atâtea griji, că, uite, se simte bine, mai relaxat. Fotografiile aliniate, văzute dintr-o parte, îi par niște elefanți în șir indian, care îl cheamă trâmbițând cu trompele lor. *Tuuuuu!* le răspunde și el și se apropie.

De când s-a mutat singur, viața lui a intrat pe o linie dreaptă: același drum de la casă la birou și înapoi, aceleași produse puse pe bandă la același magazin, aceleași obiceiuri de weekend – sarcini casnice, administrative și intelectuale, de care se achită temeinic și eficient –, care se încheie inevitabil cu un documentar despre animale. Colegii de muncă au încercat la început să-l coopteze în ieșirile lor, dar după o tentativă care s-a soldat cu stres și stânjeneală pentru el și cu sprâncene ridicate și pufnituri în râs pentru ei, ori nu-l mai cheamă ei, ori îi refuză el politicos. „Lasă-l, mă, pe Alex, că azi e marți, cum să iasă la bere, tre' să-și facă ordine în șifonier" a comentat ultima dată Cristi, cel mai pontos din birou. El l-a corectat imediat, fiindcă vinerea e zi de ordonat hainele, nu marțea, apoi s-a întrebat ce zisese așa de amuzant de stârnise hohotele de râs ale tuturor.

Nu se gândește dacă viața lui e bună sau rea, este pur și simplu a lui și alta nu știe, dar uneori parcă simte că lipsește ceva. Până și pe Animal Planet, animalele stau în haite sau în turme și cresc pui. Observă concentrat vulturul care își apără cuibul croncănind amenințător, cirezile de antilope care gonesc sălbatic, cimpanzeul care își purică puiul, pinguinii care-și cară ouăle între picioare, bancurile de pești și coloniile de corali. Animale de pradă sau vânat, toate au familii și un scop în relație cu ceilalți. În junglă, în savană, pe banchize sau în ocean, viața lor are un sens și o frumusețe crudă. Iar dincolo de luptele pentru supremație și de pericolele pentru supraviețuire, există o căldură, o familiaritate, o satisfacție pe care le-ar vrea și el.

Azi e sâmbătă și dinspre apartamentele alăturate se aud tot felul de scârțâituri, bufnituri, pocnituri, nelipsita bormașină, pași apăsați, voci de copii. Cineva a dat muzica tare. În garsoniera lui e liniște. El stă pe canapea cu spatele drept și genunchii apropiați. Deschide televizorul, dar nu urmărește emisiunea. Privirea îi alunecă în gol. Își frământă mâinile. Și le așază cu palmele în jos, ca să le potolească freamătul, dar începe fără să vrea să dea din picioare. Pe ecran, o pasăre a paradisului scoate un croncănit ascuțit și își înfoaie penele, formând cu aripile un cerc perfect. În curând, i se alătură o femelă. Alex își propune să urmeze și el ritualurile sociale și de împerechere ale animalelor. Știe că nu le va putea aplica întocmai, fiindcă până și el a învățat destule despre natura umană ca să-și dea seama că țipetele stridente, penajul colorat sau manifestările de forță nu funcționează la fel ca la animale. Sau...?

Hotărăște s-o ia cu pași mici și mai întâi să stabilească un contact cu un membru al turmei. Adică al cercului său de cunoscuți. Deschide agenda telefonului, întrebându-se pe cine ar putea să sune. Derulează cele câteva numere și o ia de la capăt. Alege câțiva candidați potențiali și își face în minte o listă cu argumente pro și contra. În fruntea listei e Andra, pe care a cunoscut-o la cursul acela de fotografie de mai demult. Are numărul ei pentru că cineva a creat un grup de WhatsApp cu toți cursanții, unde mai țin legătura, își trimit vești despre concursuri sau își arată fotografii artistice premiate. Alex rareori se bagă în discuție, dar citește tot, mai ales intervențiile Andrei, care de cele mai multe ori îi provoacă ceva între hiperventilație și blocaj total. Simte și acum că i se accelerează bătăile inimii, așa că glisează tare cu degetul pe ecran, până când se afișează numărul lui Victor. Victor e cel mai de treabă dintre colegii de muncă, dar e mereu ocupat, cu familia, cu diverse proiecte pe care le face pe lângă job. Revine în susul listei, la Bogdan, un fost coleg de facultate care locuiește pe aproape. Ar putea să-i propună să iasă la o bere, ca bărbații. N-au mai vorbit de mult, ce-i drept, poate o să i se pară ciudat. Se uită lung la numele lui și se vede, tânăr mascul, dând târcoale turmei, în timp ce mugește amenințător. Ademenitor? Cum ar trebui să mugească? Poate ar fi mai bine să se folosească de cuvinte, nu de sunete animalice, așa că își pregătește în gând o introducere nonșalantă, așa cum a văzut și reținut din interacțiunile colegilor săi. *Salut, man! Alex sunt. Ce mai faci? Te deranjez? Ai planuri pentru mai târziu? Mă gândeam să ieșim la o bere, dacă vrei...* Hm! Parcă ar vorbi o limbă străină. I se pare că sună destul de natural. Poate are chiar talent la așa ceva, cine ar fi crezut?

Inspiră adânc și apasă pe butonul verde de apel. Sună o dată, de două ori, de trei ori. Celălalt mascul nu-l bagă în seamă. Probabil își vede liniștit de păscut. Ar trebui să încerce în altă parte. Efortul l-a cam solicitat, așa că iese în balcon, unde dă de peisajul bine-cunoscut: blocuri cenușii, câțiva copaci firavi, un părculeț pentru copii, de unde se aud țipete ascuțite. Dinspre bulevard, răzbate zgomotul traficului. O altfel de junglă. Se întoarce în cameră, hotărât să mai încerce o dată. Ridică telefonul și apasă pe numele lui Grig. Tot de la cursul de fotografie îl știe și pe el. E vorbăreț și face glume multe, dar el nu le prea înțelege. Râde cu ceilalți, cu o fracțiune de secundă întârziere, ce-i drept, fiindcă i se pare mai simplu decât să ceară explicații. Răsucește pe urmă gluma pe toate părțile în mintea lui, dar tot nu-i vede hazul. Poate ar trebui să pregătească și el niște glume cu care să spargă gheața. Vocea lui Grig se aude brusc din telefon și-i întrerupe gândurile. Alex și-l închipuie agățat cu un braț lung și păros de creanga unui copac înalt, în timp ce cu cealaltă se scarpină pe burtă. Își repetă conștiincios introducerea. Din partea cealaltă nu se mai aude nimic. Alex numără în gând: ... *doi, trei.* Când ajunge la cinci, întreabă: *Alo? Mai ești?* Răspunsul vine scurt: *Da, da. Băi, numai noi doi ar fi plictisitor. Hai s-o lăsăm pe altădată, frate, ne organizăm cu toții.* Alex zice: *Sigur, frate! Nicio problemă. Așa facem. Hai, noroc!* Devine tot mai bun la limba asta. Urangutanul însă a făcut *U! U!*, s-a scărpinat în cap, a rânjit și i-a întors fundul. Un cuvânt îi rămâne în minte: „plictisitor".

Dacă dai la o parte glumele fără haz și râgâielile, din Grig nu mai rămân decât discuțiile despre aparate foto, obiective, DSRL-uri, frame-uri și rezoluție. Pe astea măcar le înțelege și el. Totuși, îndoiala i s-a insinuat în minte, ca un șarpe. Plicticos, ha? Ecranul telefonului se aprinde și încep să curgă notificări pe WhatsApp. *Cine mai vine la expoziția asta diseară? Eu ajung pe la 7! Aveți adresa și coordonatele GPS mai jos. Ne vedem acolo!* Grig răspunde printre primii: *Bă, da' e cu șampanie, da? Că altfel io nu partikip!* Alte replici și emoticoane, s-au animat toți. Printre ei, și Andra. *Cred că vin și eu, dar mai târziu, că mai am o treabă înainte.*

Alex rămâne îndelung cu telefonul în mână. Verifică adresa, traseul cel mai scurt, calculează cât îi ia să se pregătească și dă să confirme că merge și el. Se răzgândește însă, ca să-și lase o portiță de scăpare. Parcă presiunea e mai mică așa. Un gând îl face să zâmbească discret: uite că poate și el să fie spontan. Se duce la dulap, unde hainele stau frumos aliniate și aranjate după culori. Își alege o pereche de blugi albaștri și un tricou în dungi. Rămâne cu hainele în mână câteva secunde, după care se răzgândește. Își ia niște pantaloni mai subțiri, din doc bej, și o cămașă în carouri. Nu, e prea formal, tot în blugi e mai bine, dar schimbă tricoul cu unul alb. Își trece mâna prin părul șaten, tuns scurt, își verifică unghiile și dinții, și se duce în hol. Se încalță cu niște pantofi sport și aliniază restul încălțămintei din pantofar, apoi își ia rucsacul din cuier și iese repede, ca să nu-și dea ocazia să renunțe. Are grijă să pășească cu dreptul când iese din casă și să încuie de trei ori.

Drumul de la garsoniera lui din Militari până la Victoriei durează cam jumătate de oră cu metroul, dacă își calculează bine timpul, astfel încât să nu aștepte. Cum sâmbăta trenurile circulă mai rar, și-a luat o marjă de zece minute. De obicei, stă într-un colț, cu nasul în vreo carte, ca să nu vadă oamenii din jur, însă acum e prea agitat. Fără să vrea, se simte iar ca în liceu, când trecea aparent indiferent prin parc, sperând să dea ca din întâmplare peste colegi. Aglomerația de pe peron și din vagon îl sufocă și face eforturi să nu se atingă de nimeni. Are impresia că toți ochii sunt îndreptați asupra lui. Că toată lumea îi pândește mișcările și se pregătește să râdă, să-și dea coate și să șușotească „Uite-l și p-ăsta" și „Iar a venit ciudatul". O fracțiune de secundă, este iar adolescent cu ochelari cu ramă groasă și coșuri pe față, iar răutățile îl ajung din urmă. Îi vine s-o ia la goană. Se arcuiește ca o antilopă care simte prezența leului. Transpirația i se scurge pe spate. Închide ochii și respiră adânc de câteva ori. Când se deschid ușile, țâșnește și aleargă spre ieșire, sus, la aer.

Nu știe dacă a trâmbițat cu voce tare sau doar în gând. E cam amețit și parcă gândește cu încetinitorul. Ajunge lângă fotografiile expuse, dar persoanele din apropiere nu-l observă, nu-i fac loc, sunt prinse în conversații animate. Bărboși cu *man buns*, fete decoltate și dezinvolte, toți îmbrăcați ca niște artiști sau poate doar la modă.

El nu știe nici cum să se îmbrace ca ei, nici cum să se poarte ca ei. Se întreabă iar ce caută aici. Mai poate încă să plece. Bine că nu s-a întâlnit cu niciun cunoscut. Dar nu de-asta venise, de fapt? Încă cinci înghițituri și se hotărăște să-și îndrepte atenția către exponate. Scene citadine în care sunt surprinși cerșetori adormiți pe cartoane, găuri în asfalt, bătrâni cu șanțuri în pielea murdară. Câteva înfățișează siluete feminine. Nu le poate citi expresia. Nu-și dă seama ce gândesc. Pentru el, sunt doar chipuri care-și abat privirea. Cu astea e obișnuit.

Când ajunge în capătul celei de-a doua laturi, aude voci cunoscute. Sunt câțiva colegi de la curs, printre care Grig și Andra. Vorbesc tare, râd. Andra tocmai povestește ceva cu însuflețire. Își așază mereu ochelarii pe nas și dă din mâini. Are părul prins în două cozi împletite, care-i coboară peste sâni, iar tricoul lasă să i se vadă tatuajul de pe braț. Îl zărește și se oprește, recunoscându-l. Grig, cu statura lui impunătoare, stă cu fața la Andra și cu spatele la Alex. Curios de motivul întreruperii, se întoarce, dar nu dă niciun semn că l-ar fi observat, ci se preface interesat de ceva aflat mai departe. Revine la ceilalți și le spune, suficient de încet cât să pară discret, dar destul de tare cât să fie auzit de Alex:

— Băi, de dubiosu' ăsta vă ziceam mai devreme că m-a sunat.

Peste grup se lasă liniștea. Masculul dominant și-a marcat teritoriul. Intrusul are de ales: ori îl înfruntă, ori pleacă. Animalul din fața lui este mare și periculos, dar, dacă îl doboară, restul turmei îl va lăsa în pace. Dacă, în schimb, fuge, îi va rămâne mereu pradă. Raționamentul lui e acoperit treptat de zgomot. Oamenii și obiectele din jur își pierd contururile și singurul lucru pe care îl mai aude sunt tobele tribale. Bum-bum-bum-bum, bum-bum-bum-bum. Printre bubuituri, un sunet prelung, de luptă. Se mișcă pe ritmurile dansului ancestral și simte chemarea pământului, a cerului, a apelor și a strămoșilor. Bum-bum-bum-bum, bum-bum-bum-bum. Sunetul se înalță mai tare și mai puternic acum. E pregătit, se încordează, își fixează prada și se repede la ea. Omul devine una cu fiara, gustul sărat al sângelui îl întărâtă și mai tare.

Brațele îi sunt smucite în spate. Cineva îi apasă cu forță capul în jos. Vede cioburi – paharul lui? – și bucăți de hârtie alb-negru, lucioasă. De jur-împrejur, un semicerc de picioare aflate la o distanță sigură de el. E tras în sus și împins spre poartă. Un bărbat zice ceva, dar nu înțelege dacă vorbește cu el. Pietrișul scrâșnește sub tălpi. Poarta scârțâie, apoi se trântește cu un clang metalic în urma lui. Asfaltul granulos și încins îi apasă obrazul. Se șterge la gură și se uită lung la roșul de pe dosul palmei. Respins de turmă și rănit, tânărul mascul este nevoit să supraviețuiască singur în sălbăticie sau să-și caute altă familie. Se ridică greoi și se îndreaptă cu pași ezitanți spre forfota bulevardului.

Reduceri

Trag întruna de mânecile scurte ale uniformei. Degeaba, de sub ele se ițesc două cercuri albăstrii, dureroase. De acolo m-a strâns Ovi Grasu' aseară, când m-a prins în fața blocului și m-a lipit cu spatele de ușa de la intrare. Țin capul în jos, să evit privirile curioase, și trec produsele prin dreptul senzorului, unul câte unul. Tit – tit – tit. „O sută optzeci și șase de lei și cincizeci de bani." Întind mâna după bancnote, dau restul afișat de casa de marcat, o iau de la capăt. „Bună ziua! Card Cora aveți?"

Unele colege se plâng că e greu, că ne înțepenește fundul pe scaun toată ziua, cu țiuitul ăla în urechi. Față de ce munci am făcut eu înainte, asta e floare la ureche. Măcar stau jos, în curățenie, cald iarna, aer condiționat vara. Câștig destul de puțin, dar tot îmi convine. Salut, zic poezia, scanez și încasez. După care o iau de la capăt. Am ajuns să cunosc și clienții. Sunt unii care vin aproape în fiecare zi. Ca tipul ăla care își cumpără mereu aceleași produse, pe care le înșiră pe bandă în ordine, de la mare la mic, și întotdeauna cu grijă să pună codul de bare în jos, ca să-mi fie mie mai ușor. Mă rog, când i-am spus și lui odată asta, a zis că așa e „cel mai eficient", ca să nu stea mult la coadă. Plătește cu cardul și își bagă cumpărăturile în rucsac, tot într-o ordine anume. Fetele își dau coate când îl văd. Eu îi zâmbesc, dar nu-mi răspunde niciodată. Sau mai e una, o doamnă super aranjată, care vine numai seara târziu și își cumpără iaurturi și salate, pe care le plătește în timp ce vorbește la telefon mai mult în engleză. Sau puști dintr-ăștia, băieți și fete de paișpe-cinșpe ani, care se strigă, râd și vin la casă cu chipsuri și Cola sau bere. Ce bine-o fi de ei, nicio grijă pe lume! Când eram de vârsta lor, nu-mi amintesc decât că luam mereu bătaie de la taică-meu și că nu aveam niciodată bani. Eh, de-aia zic că acum mi-e bine. Ba câte o bătrână care se plictisește acasă și are chef de vorbă, ba câte un tip frumușel cu care-mi mai clătesc și eu ochii, trece timpul. Unii nici nu se uită la mine, nu salută, dar nu mă deranjează. Măcar de-aș fi așa invizibilă și când am nevoie!

La zece mi se termină tura și fac drumul de jumătate de oră cu tramvaiul până la capătul liniei, apoi mai merg pe jos zece minute, pe lângă depozitele de mobilă, până la căminele de muncitori transformate în blocuri pentru nefamiliști. Vara e plăcut, că nu mai e căldura așa de mare, iar mersul pe jos îmi face bine. Dar iarna e de mult întuneric și înaintez greu, pentru că la marginea orașului nu curăță nimeni gheața sau zăpada. Merg cât de repede pot, cu ochii în pământ și urechile ciulite, rugându-mă să ajung întreagă și de data asta. Bine măcar că nu mai sunt câinii vagabonzi.

De câteva luni, problema cea mai mare nu e drumul; e ce mă așteaptă la capătul lui. Cu cât mă apropii mai mult, cu atât încerc să mă fac mai mică. În fiecare seară, sunt adunați în gașcă, ascultă muzică la boxe și scuipă semințe printre peturile de bere. Ovi Grasu' e șeful lor. Nu știu ce învârte, are găinăriile lui, dar pare nelipsit din fața blocului. Uneori mă lasă să trec fără să mă bage în seamă și atunci răsuflu ușurată. Alteori are chef de caterincă și atunci mă chinuie. Ca aseară, când m-a fixat cu ochii ăia bulbucați, aproape lipindu-și de mine fața lată, negricioasă. Mă dureau brațele și m-am zbătut, iar el a râs, dezvelindu-și dinții strâmbi. I-am simțit răsuflarea caldă pe față, un damf de ceapă și alcool. Mi-a dat drumul abia când s-a auzit o voce de femeie țipând la el, dar nici atunci imediat; m-a mai împins câteva secunde în ușă, apropiindu-și mâinile grele de pieptul meu. Nu cât să-l atingă, doar cât să știu că poate s-o facă. După ce am fugit în casă și am încuiat ușa tremurând, mi-am dat seama că vocea de mai devreme spusese „Dă-mi drumul! Lasă-mă în pace!". Nu mi-o recunoscusem. Era prea subțire.

Șefa trece pe lângă casă. Îi zâmbesc clientului. Tit-tit-tit. „Șaizeci și nouă de lei. Cash sau card?" E un bătrân care se câcâie să-și scoată banii din portofelul ponosit. Cei din spatele lui dau semne de nerăbdare. Îmi vine să le zic vreo două sau măcar să mă uit urât, dar nu se face așa ceva. În schimb, îl ajut pe moș să aleagă bancnotele corecte. Următorul. „Ați aflat despre promoția noastră? Cu douăsprezece abțibilduri, puteți achiziționa un set de cuțite la reducere." Până nu demult, ziceam *acțibilde*, că așa auzisem eu în cartier, iar la șaișnouă pufneam în râs ca proasta, știind glumele porcoase ale băieților de la bloc. Îi urez „O zi bună!" și trec la alt client, alte produse.

Când plec de la serviciu, toate – oameni, mașini, copaci – se perindă prin fața mea ca articolele pe banda rulantă. Țiuitul casei de marcat mă urmărește pe stradă. Odată ajunsă acasă, pornesc televizorul, să-mi amuțească zgomotele din cap. Când locuiești într-o garsonieră minusculă, cu mucegai și gândaci, cu pereți subțiri prin care se aud scandalurile din vecini, dar și futaiurile cu strigături din miez de noapte, dai volumul tare, să amuțești și zgomotele din jur. Închid ochii și îmi închipui că evadez. Nu contează unde, fiindcă oriunde mi se pare mai bine decât acolo. De asta îmi place să mă uit la *Românii au talent* sau la *Visuri la cheie*. Numai că eu n-am niciun talent și nici norocul să mă scoată altcineva din mahala.

Odată am visat că eram la *Vrei să fii milionar?* și întrebarea de baraj era ce produse sunt la reducere în Cora. Nu știam ce să răspund, iar Ianțu avea același rânjet libidinos ca hăndrălăii care mă fluieră când trec printre ei. Am bâiguit ceva, am uitat ce. Ta-ra-ta-ta! Ta-ra-ta-ta! Aplauze, felicitări, numele meu strigat de un public înnebunit. Câștigasem! M-am trezit cu un zâmbet tâmp pe buze, de parcă totul se întâmplase de-adevăratelea și eu urma să primesc un purcoi de bani. Mi-a luat ceva timp să mă dumiresc că tămbălăul era, de fapt, la ușa mea, în care bătea de zor Ovi Grasu'. Mi-a fost să n-o spargă, așa că am deschis, dar numai puțin, cu lanțul pus. Era băut și mai avea pe unu' după el. Încerca să mă ia cu frumosul. Că de ce nu-l primesc în casă, ce, nu-mi place de el? Că el a venit să mă ia în club. Că mă scoate la Mec. Era unu noaptea și știam că n-o să sară nimeni să mă ajute, în caz de ceva. Pentru că aici degeaba țipi după ajutor, nu te bagă nimeni în seamă. Ori de frică, ori din obișnuință. Ești pe cont propriu. Așa că am făcut pe proasta. „Îmi pare rău, Ovi, nu te supăra, da' tre' să dorm, că mă trezesc devreme să mă duc la muncă." Ăla de era cu el rânjea și-și plimba ochii pe corpul meu. Eram îmbrăcată într-un trening larg, în care dorm când e frig. N-avea ce să vadă. Mai ales prin crăpătura dintre perete și ușă. Dar părea că asta îi ațâță și mai tare. Mi-am tras poalele bluzei mai jos și am dat să închid, scuzându-mă încă o dată. Mâna grasă a lui Ovi mi-a trecut prin fața ochilor și s-a proptit cu o bufnitură în placaj. „Auzi, a zis el, mai bine ai fi drăguță cu mine, că ar fi păcat să ți se întâmple ceva!“

Amenințarea a plutit o vreme în aerul dintre noi, apoi mi s-a așezat pe spate, umedă și rece. Știam că bucata aia de lemn care stătea între mine și ei era doar de formă. N-ar fi fost niciun efort pentru Ovi s-o dărâme, s-o facă bucăți. Și după aia și pe mine. Dar a vrut doar să-mi dea un avertisment. De atunci, de câte ori plec sau vin, trebuie să mă asigur că Ovi Grasu' nu e prin preajmă sau că e în toane bune. Pentru că data viitoare n-o să mă mai lase să scap așa ușor. Iar data viitoare poate să fie chiar azi.

Mă uit la ceas. E aproape zece. Forfota se potolește. La coadă s-au așezat ultimii clienți. Doar țiuitul se mai aude egal, liniștitor. Seturile de cuțite la reducere, cu mânere negre și lame ascuțite, strălucitoare, atârnă în dreapta mea. „Bună seara! Ați aflat despre promoția noastră?“

Un colț rupt de pâine

Anuța se întoarce pe partea cealaltă în pat și strânge mai tare plapuma pe lângă ea. Corpul ei mărunt abia dacă formează o umflătură sub acoperământul greu de lână. Dacă nu te uiți cu atenție, nici nu vezi că-i acolo, ghemuită, cu nasul puțin cam lung inspirând mirosul de busuioc din odaie și cu albastrul spălăcit al ochilor ascuns sub pleoapele încă grele de somn. Afară, întunericul zăbovește peste munți și ape, case și coteţe. Nici cocoșii n-au început să cânte, nici câinii nu latră. Întotdeauna i-au plăcut clipele astea dinainte de prima geană de lumină, când nimic nu-i tulbură pacea. Când poate să zăbovească în voie între somn și veghe, să se desprindă treptat de vise și să-și pună în rânduială ziua ce urmează.

Până nu demult, nu avea luxul ăsta. Tache se trezea înaintea ei de fiecare dată și pornea televizorul vechi, primit de pomană, pe care Anuța așezase un milieu de macrame și un bibelou cu doi băieți ștrengari. Bibeloul îi aducea aminte de copii și ea ștergea cu drag praful și le vorbea cu voce joasă, aproape șoptită, așa cum făcea pe vremuri, când băieții ei erau mici și chiar se certau, ca cei din porțelan. Însă, în bezna străpunsă de luminile stridente și colorate ale ecranului, bibeloul rămânea doar un ornament mut, la fel ca ea în prezența lui Tache. Fiindcă atunci când bărbatul mătăhălos cu privirea mohorâtă și vocea aspră se pornea pe vorbit, nu era chip nici să-l întrerupă, nici să-l ignore. Parcă în cele câteva ore de somn se adunase un preaplin de reproșuri și nemulțumiri, de ordine și cicăleli, care se cereau revărsate. Ea se prefăcea că doarme și nu-i răspundea, încercând să alunge umbrele de pe pleoape și hămăitul din urechi și să mai ademenească măcar câteva minute de odihnă, dar el n-o lăsa: „Tu auzi ce zic eu sau te faci că dormi? Paștele și anafura mă-tii, cu tine vorbesc!". Anuța mormăia ceva împăciuitor, cât să-l mai potolească, iar el își continua tirada.

Eh, ce bine-i acum, că poate să lenevească un pic înainte să iasă în frig, să facă focul, să dea de mâncare la animale. Doar un pic. Când se luminează, se ridică și, zgribulită, își trage vesta de lână pe ea și șosetele împletite în picioare. Înainte de orice, așază așternutul, fiindcă nu-i place să lase nimic în dezordine, iar seara, când intră în odaie să se culce, patul frumos aranjat îi dă senzația de nou, de curat, de bine. Nu o deranjează să trudească așa de două ori pe zi, măcar face și desface numai pentru ea, nu mai adună oftând hainele murdare aruncate pe jos sau mărunțișurile îngrămădite într-un talmeș-balmeș pe masă, pe lângă pat sau prin buzunare. Trebuia să le știe locul la toate, fiindcă, dacă el nu găsea ceva, tot ea era de vină și păzească sfântul ce era la gura lui. Anuța își trece mâna peste față, ca pentru a alunga amintirea, și se uită pe fereastră.

E martie, dar e încă frig. Aici, la munte, iarna vine devreme și ține până târziu. În lunile astea posomorâte și reci, parcă e și mai grea viața, dar e singura pe care o știe. Se îmbracă bine, își strânge broboada sub bărbie, apoi își trage cojoaca pe ea și iese în curte. Cerul pare senin azi, doar nu s-o întoarce gerul. Mai are un sfert de magazie cu lemne. Își aduce două găleți cu găteje și cioate uscate și face focul în soba din bucătărie. Pornește și radioul, să-i țină de urât, și pune apă la fiert pentru ceai. Până e gata apa, dă de mâncare la găini, la porc și la câine. Vorbește cu fiecare în parte, le zice pe nume, îi întreabă una, alta, și curtea i se pare plină. Pe urmă se întoarce la bucătărie și pregătește și pentru ea te miri ce: niște brânză cumpărată de sus, de la stână, câteva bucățele de slană și un ou fiert. Apa e fierbinte. Aruncă în ea niște flori de tei și sunătoare și le acoperă cu o farfurioară cât mănâncă. Mestecă încet, cu privirea în gol, cu gândul departe.

Pisica vine și se freacă de ea. În ultima vreme, o primește și pe ea în casă, așa, să-i țină de urât. Tache o alunga cu o sudalmă și un șut de câte ori se împiedica de ea prin curte. Anuța însă o lasă să-i toarcă în poală și să se joace cu ghemul de lână. Mâinile ei bătătorite îi mângâie blănița moale, portocalie, stârnind amintirea unor gesturi tandre de demult. Acum, pisica se întinde leneș și miaună spre farfurie. Anuța îi aruncă și ei niște firmituri. Ceaiul e gata, îl bea cu înghițituri mici, mulțumită.

Câteodată, apare câte o treabă ce nu suferă amânare, câte o vecină venită să împrumute ceva, câte un drum la magazinul din sat sau la oraș, cu RATA, ori câte un telefon de la copii. Atunci uită de ceai, uită de tihna asta nouă și se pierde în rânduiala zilei. Se trezește pe la prânz că n-a apucat nici să mănânce, nici să bea apă, s-a luat cu treburile. Cu Tache, era lege: trebuia să-i pregătească masa cu noaptea-n cap, ca să-și ia pastila, să-l servească și să strângă după el, iar după ce el o drăcuia și-o certa pentru toate alea, mâncarea îi intra cu noduri. Își face cruce și pune totul la loc, iar la sfârșit spală vasele.

Deja cu chef de treabă, se apucă de gătit. Alege câteva cepe, câțiva cartofi și morcovi și se pune pe curățat. Încet, cu un cuțitaș vechi, așa cum îi place ei, fără să-și mai simtă stomacul ghem și părul sculându-i-se pe ceafă de teamă că el o să zbiere din nou la ea că nu folosește curățătorul de legume, pe care nu-l poate ține bine în mână. Parcă îl vede cum vine val-vârtej și scoate unealta din sertar, i-o trântește pe masă și o boscorodește că nici până la anii ăștia n-a fost în stare să se deștepte. Tot țărancă a rămas! Că așa a fost neamul ei, prost grămadă, ce i-o fi trebuit lui să se amestece cu ei, una mai brează n-a găsit?

Ochii mai devreme senini i-au devenit apoși. Își șterge obrajii cu un colț al baticului și oftează. Aruncă o privire spre sertarul dulapului: e închis. Se duce și-l deschide: curățătorul de legume cu lama zimțată și mânerul albastru e acolo, printre cuțitele mari și ascuțite. Întinde mâna și se codește preț de o clipă, apoi îl înșfacă și-l aruncă repede la gunoi. Se întoarce la tocător și taie legumele. Pe rând, le spală, le adaugă la fiert peste carne și le potrivește de gust. La sfârșit, adaugă verdeață și acoperă oala cu un capac roșu, înnegrit de uz.

Cu Tache nu fusese mereu așa. La început, îi plăcuse bărbatul oacheș și bine legat care venise s-o ceară de la mamă-sa. Ea avea doar șaișpe ani, el se apropia de treizeci și părea că nimeni și nimic nu-i poate sta în cale. O măsurase lung pe fata sfioasă cu părul blond împletit în cozi groase ce-i cădeau pe spate, iar ea se lăsase purtată de visuri. O vreme, s-a mai agățat de ele, chiar dacă bărbatul bombănea întruna și nimic nu îl îmbuna, nici chipul ei speriat, nici strădaniile de a-i face mereu pe plac. Când a născut primul băiat, blond ca ea, a sperat că fața grăsună și râsetele vesele ale copilului îl vor înmuia și pe el, dar Tache parcă avea inimă de piatră. Doar se încrunta, nemulțumit de orăcăielile lui zi și noapte. Al doilea băiat avea părul negru ca el, așa că Anuța a crezut că poate, de data asta, dacă o să-și vadă imaginea în boțul ăsta nou de carne, o să-i fie și lui drag. A renunțat la orice speranțe când căutătura lui Tache tot aspră a rămas, iar pe gură i-a ieșit tot mai des otravă. În ultimii ani, boala de inimă, în loc să-l potolească, parcă mai tare l-a înrăit. S-a apucat și de băutură, iar Anuța avea zile și nopți când îi venea să-și ia zilele. Numai frica de Dumnezeu a împiedicat-o.

Se întoarce spre icoana de pe perete și își mai face o cruce, pe urmă iese iar în curte. Nu e vreme de stat, chit că-i iarnă și n-are grădina de îngrijit. Face curat la animale, își mai pregătește niște lemne pentru sobă, aduce apă și scoate niște pături la aerisit. La prânz, își pune o porție mică de tocană într-o farfurie și așteaptă. Vocea lui nu întârzie: o bodogănește că nu a pus destulă sare, că e prea fadă sau că s-a zgârcit la carne. Gustă din ea: e numai bună. Scoate din pungă pâinea de alaltăieri, care este încă destul de proaspătă, și rupe un colț. Tache făcea scandal dacă nu avea pâine nouă în fiecare zi și dacă îndrăznea careva să n-o taie cu cuțitul.

Sătenii o căinează că a rămas văduvă așa de tânără, că ce om era Tache ăsta, priceput și haaarniiic, ce păcat să se ducă așa devreme. Ea tace, dă din cap, nu zice nimic. Nu-i vorbă, harnic și priceput era, iar de ridicat mâna asupra ei, slavă Domnului, n-a ridicat-o niciodată, dar și vorba doare, iar la vorbe nu-l întrecea nimeni. Și uneori zău dacă nu-ți vine să te lipsești de toate câte le face un bărbat gospodar doar ca să ai pace. Doar să nu te mai auzi certată, zorită și ponegrită pentru orice. „Anuuuțooo! Hai mai repede, dă aia, fă aialaltă, ce te uiți ca vita la poartă nouă, mototoalo!“ Doar să nu te mai știi cicălită și contrazisă chiar și când tu ai dreptate, iar el nu.

„Ce, tu să taci, că nu știi! Așa-i cum zic eu, ce, mă-nveți tu pe mine?" Doar să poți să fii împăcată, nu să-ți vină să-ți iei câmpii sau să faci vreo nefăcută. Iar când bea, adică aproape în fiecare seară, era și mai rău. Nu mai asculta, turuia întruna și ajungea să țipe și să-i scoată ochii de la Adam și Eva și să-i vorbească de rău pe toți, în frunte cu copiii, care și-au pus palma în fund și-au plecat, după cât s-a sacrificat el pentru ei. Anuța tăcea, îl lăsa să zică, dar în sinea ei își spunea că bine au făcut c-au plecat, măcar ei să scape, că doar de gura lui s-au dus și ei de acasă, de nici nu-i mai vede cu lunile. E drept că au chemat-o la ei, dar nu s-a îndurat de gospodărie. Și ce să facă ea la oraș? O viață întreagă a trăit și a muncit la țară, alt rost nu știe. Și ar vorbi-o întreg satul, iar ei nu-i place s-o știe lumea. Așa că a stat și a îndurat, iar oamenilor le e milă de ea ca de-o văduvă rămasă fără sprijin, și ea încă tace. Dacă a ținut în ea atâta amar de vreme, ce rost ar mai avea să vorbească acum?

După ce s-a dus Tache, i-a adunat toate lucrurile în saci și cutii și le-a dat de pomană sătenilor. Ce nu era de dat, a ars. N-a vrut să păstreze nimic, nu avea de ce. De la haine și încălțăminte la jocul de table, poze și alte mărunțișuri, a strâns tot, tot, să fie ca și cum nici n-ar fi fost. A trudit zile în șir cu o râvnă despre care lumea zicea că îi face bine, că o ajută să uite, să-și țină mintea ocupată, dar, de fapt, pe ea nu durerea o mâna de la spate, ci senzația aia de ușurare, când știi că ți-a trecut glonțul pe la ureche și că mai ai o șansă la viață. Voia să șteargă orice urmă lăsată de el, ca să-l alunge complet din casă și din minte.

Din casă, a reușit, cămăruțele nu mai păstrează decât lucrurile ei și câteva de-ale băieților. În curte mai sunt, răzlețe, atelierul lui cu scule, băncuța pe care stătea la țuică și tutun, tocitoarea la care făcea vin. De câte ori se uită la ele, îl vede umblând bezmetic încoace și încolo și simte iar apăsarea aia în capul pieptului. De undeva, din vălmășagul celor treizeci de ani petrecuți împreună, iese în față ultima ei amintire cu el: vocea repezită, privirea mai întâi afurisită și poruncitoare, apoi nedumerită și, într-un final, de-a dreptul speriată, mâna dreaptă pe inimă și cealaltă întinsă spre ea, ușa închisă în spatele ei, strigătul lui horcăit: „Anuuuțooo!“. Atunci trage adânc aer în piept și înghite nodul din gât. Bagă mâna în buzunarul cojoacei și pipăie cu degetul mare capacul tubului de pastile de inimă. Dă din cap hotărâtă și intră la loc în casă, unde-i cald și bine.

Duminică

Lui Culae i-a plăcut dintotdeauna priveliștea din vârful dealului, mai sus de biserică, de unde se vede jumătate de sat și, în spate, începe pădurea. Pe vremuri, când le spunea asta oamenilor, ei clătinau din cap și țâțâiau că, vezi Doamne, era lângă cimitir, dar lui nu-i păsa. Ce treabă avea el cu morții? Pe el nu-l interesau crucile de piatră sau de lemn, ci verdele de jur împrejur, acoperișurile de țiglă ale caselor, culmile împădurite ale dealurilor, cerul senin și albastru cum nu mai văzuse în altă parte.

Așa și acum, stă culcat și simte mirosul de iarbă proaspătă, ascultă păsărelele și foșnetul vântului prin molizii de pe marginea drumeagului și cugetă la ale lui. O veveriță aleargă și sare jucăuș dintr-o parte în alta, un câine cască leneș și apoi se așază să moțăie în apropiere. De mai jos, răzbat până la el voci, probabil lume venită la biserică. Bine au făcut că au înălțat-o la margine de sat, aproape în pustietate, și nu devale, unde chiar și fundătura asta de lume s-a umplut de mașini și ATV-uri. Acolo, ar fi rămas oamenii nehotărâți la răspântie, neștiind dacă s-o ia spre Dumnezeu cu crucile, cântările și postul lui, sau spre dracu', care i-ar fi așteptat peste drum, la cârciuma lui Nelu. Și dacă s-ar fi lăsat făcuți din vorbe de muieri și ar fi intrat în biserică, descoperindu-și capul, tot numai la licorile de peste drum le-ar fi stat gândul, nu la rugăciune. Iar dacă, slabi și păcătoși cum sunt, s-ar fi dus la cârciumă, le-ar fi stat rachiu-n gât cu popa ăsta nou care cântă și pornește și difuzoarele, ca să se audă până la ultima casă. Așa, las' să urce babele până aici în deal și să pună o vorbă bună la Ăl de sus, iar bărbații să stea la cârciumă, dacă vor, că-și merită și ei odihna de duminică.

El s-a potolit, gata. De data asta, chiar e hotărât, că multe rele a făcut din cauza băuturii. Ce folos să mai zăbovească asupra lor, că oricum nu le mai poate schimba. Timpul nu-l dă nimeni înapoi. Nu-i mai poate aduce îndărăt nici pe ăi bătrâni, care s-au nevoit cu el și pe care i-a băgat în pământ cu patima lui; n-o mai poate întoarce la el nici pe Cateluța, pe care tare a mai amărât-o, săraca; nu-i mai poate face nici pe ăia mici să-l strige tată și să-i sară în brațe, că prea multă vreme a irosit. Deși tare i-ar plăcea să fie iar ca la început, când ăi bătrâni erau sănătoși și în putere și nu-l băteau la cap; când Cateluța era cea mai frumoasă fată din sat, iar el îi făcea curte, ținându-i calea și povestindu-i câte-n lună și în stele; când copiii încă nu se speriau și se ascundeau de el. Ooof, viață, viață!

Ia, că se aud pași! Cine o veni? A, e tanti Stanca, din capul satului. Urcă încet, că e bătrână, da' de gură n-o întrece nimeni. El s-a învățat demult s-o ocolească, fiindcă umplea satul pe urmă dând din meliță aiurea despre el: pe unde a umblat, cu cine, ce a făcut. A naibii babă! Speră să nu-l vadă. Femeia trece la câțiva pași de el, boscorodind în barbă.

— Sărăcane, că de nica n-ai fost în stare, numai rele ai făcut de când erai mititel. Vai de mamă-ta care te-a crescut și de tată-tu ăla gospodar, Doamne iartă-mă, să nu vorbesc cu păcat!

Pe cine o blagoslovi așa? Ce-i drept, ar putea să zică și de el, doar se știe că n-a fost ușă de biserică. Da' acu' s-a cumințit, gata. Tanti Stanca trece mai departe cu vocea ei ascuțită și cu bastonul într-o mână. În cealaltă are lumânări și flori, pesemne se duce la cimitir la nea Ilie, bărbat-su, care s-a prăpădit de mult. Îi aude vocea din ce în ce mai slabă – o fi vorbind singură, așa cum fac bătrânii, sau cu nea Ilie, că nici mort nu scapă de ea. Culae o lasă în plata Domnului și își vede de ale lui.

Îi umblă fel de fel de lucruri prin cap, gânduri de care nici nu se știa în stare. Parcă toată viața a avut o pâclă pe ochi și abia în ultima vreme i s-a ridicat, de a putut și el să vadă limpede. Uneori îl ia cu frig și cu negură, și-i e urât, și îi vine să se scuture și să treacă pe la Nelu, așa, de dragul vremurilor de altădată, să bea o tărie mică, numai una, să alunge răul. Dar ceva îl reține. *De data asta, Cateluță, de data asta mă las…*

Mai jos, în fața bisericii, s-a strâns lume multă. Pesemne s-a terminat slujba. Din mulțime, se desprinde cineva și se apropie cu pași mici. E tanti Anuța a lu' nea Tache. Tovarășul lui de băutură din multe seri. Gospodar om, da' avea și el patima asta. Și când îl apucau pandaliile, cât era de namilă, se ridica în picioare și tuna de-i amuțea pe toți. Își aduce aminte ca prin ceață toate astea, de parcă era și nu era acolo. Sau ca și cum le-ar fi văzut într-un film vechi. Tanti Anuța ține capul în jos și un coș în mână. Culae o salută, dar ea nu-i răspunde. Nu l-o fi auzit, așa îngândurată cum pare. Știe că nu prea-l are la inimă, dar las' că le arată el tuturor că poate și el să fie om de treabă. Încă-i tânăr.

Nu la fel de tânăr ca atunci când s-a însurat. Doamne, parc-o vede pe Cateluța în rochia aia albă până în pământ, cu flori împletite în păr, râzând îmbujorată și dansând pe bătătură la ăi bătrâni. Poalele i se umpluseră de praf și se înnegriseră, dar ei nu-i păsa, se învârtea și râdea. Iar el simțea că-i plesnește pieptul de atâta fericire și abia aștepta s-o strângă în brațe și să-i frământe carnea tare. Toată lumea din sat venise la nuntă și flăcăii îl invidiau, iar el nu mai putea de țanțoș ce era. Îi aruncase o căutătură cu înțeles și lu' Gheorghiță, care încercase și el, să priceapă că gata, să-și pună pofta-n cui, de-acu' Cateluța era a lui, mereu a lui, numai a lui.

Iar i se tulbură amintirea sau poate doar i-a intrat ceva în ochi. Clipește des și-i șterge cu o mână, dar tot i se pare c-o vede. Ba nu, nu i se pare, e chiar Cateluța lui! Vorba vine, că nu mai e a lui de... cât să fie deja? Nici nu mai știe. Ultima oară când a văzut-o era trasă la față și strângea din buze, trăgând după ea doi țânci. Tre' să fie mărișori acu'. Ea arată mai bine, s-a mai împlinit și nu mai are cearcănele alea adânci. Nici petele vineții care-i înfloreau câteodată pe chip după câte o noapte în care el își ieșea din fire. A doua zi nu-și aducea aminte nimic, numai o vedea iar tristă și plânsă și i se rupea inima de mila ei și de prostia lui și își blestema mâna aia grea și păcătoasă. O ruga să-l ierte și-i jura că nu mai face, că n-a vrut, că nu mai bea. *De data asta, mă las, Cateluță. Îți jur! Să mă arză focu' dacă mai pun io gura pă băutură cât oi mai trăi!* O zi, două, o săptămână chiar își ținea cuvântul și în căsuța lor părea că se întoarce voia-bună. Cateluța nu-și mai abătea privirea, copiii nu se mai fereau de el, pândindu-l sfioși de după fustele mamei, iar el reușea chiar să se joace cu ei și s-o facă și pe ea să râdă. Ca pe vremuri! Dar nu trecea mult și se isca așa o sete mare în el, că nu-și găsea astâmpărul și își zicea că bea un rachiu, numai unu', că n-are nimica. Și apoi încă unu, că abia s-a încălzit, iar de la al treilea încolo nici nu mai număra, da' nici nu mai știa de el.

A ajuns lângă el Cateluța. E la fel de frumoasă, doar mai trecută parcă. Tare ar întinde brațele să-i cuprindă mijlocul, însă ea-i vorbește prima și glasu-i sună altfel.

— Ei, Culae, Culae! zice femeia, sprijinindu-și o mână pe pântecul ușor umflat. Cât am fost în vorbe, îmi promiteai marea cu sarea, da' dup-aia numa' oțet și mătrăgună mi-ai dat. Nu ți-a păsat de noi, în afară de țuică nu mai știai nimic.

Oftează. Tace. Tace și el. Știe că așa e.

Femeia își trage broboada mai pe spate.

— Da' acu' mi-am găsit un om bun. Să poartă frumos cu noi. Și n-a ridicat o dată mâna la mine. Sau la copii. Îi iubește și are grijă de ei ca și cum ar fi ai lui.

Lui Culae i se strânge inima și o negură-i coboară peste ochi. Un uliu țipă deasupra, dând roată peste vârfurile molizilor. Parcă așa, de departe, își vede și el viața acum. Vocea Cateluței se aude înfundat. Ba te-am iubit, Cateluță, ar vrea să-i spună, și iartă-mă, ar mai vrea să-i spună, dar cuvintele rămân nerostite. În locul lor, se aud pași, alții, mai apăsați de data asta. Un bărbat. Gheorghiță. Îmbrăcat în cămașă curată și cu obrazul proaspăt ras, așteaptă în picioare în spatele femeii, cu pălăria în mână. Culae strânge din pumni. Cateluța se apleacă și moșmondește ceva, își leagă mai bine broboada și pleacă. În aer se simte miros de ceară, de fum. Probabil vine dinspre biserică. Bărbatul se uită scurt după ea, apoi în pământ.

— Mă, Culae! începe el, dar se oprește.

Își șterge fața cu palma bătătorită, cu unghii înnegrite la vârfuri, și își drege glasul. Parcă nu știe cum să continue. Adevărul e că n-a fost niciodată priceput la vorbe. De-aia nici nu l-a vrut Cateluța atunci. Culae știa cum s-o ia cu frumosul, s-o facă să roșească. Gheorghiță trage aer în piept și mai încearcă o dată:

— Mă, Culae! Io... io-ți ziceam mereu, mă, nu mai bea, că nu-i bine! Fii om cuminte, fii gospodar, ai o femeie bună, ai copilași... Da' tu n-ai ascultat. Grea patima băuturii, mă!

Culae vede fața arsă de soare a bărbatului și-i aude vocea molcomă, un amestec de dojană, părere de rău și mulțumire de sine. Nu mai are fața de om învins de la nuntă. Dă să-i spună vreo două, dar bărbatul adaugă repede:

— Eh, a avut Dumnezeu grijă de toate!

Apoi îi întoarce spatele, făcându-și o cruce mare. Când ajunge lângă Cateluța, îi cuprinde mijlocul cu un braț, iar cu celălalt cheamă niște copii la el. Culae strigă după el: *Ia mâna de pă ea, mă! Aia-i nevasta mea! Copiii mei! Ia mâna, n-auzi?* Dar ei nu-l bagă în seamă. Stau la taclale cu tanti Anuța a lu' nea Tache. Uite-l și pe popa Mihail. Oameni pe care îi cunoaște de-o viață și oameni pe care își aduce vag aminte că i-a întâlnit. Se îndepărtează cu toții, iar Culae privește lung în urma lor. Siluetele se fac tot mai mici pe drum la vale, până când dispar printre acoperișuri și copaci. Ar vrea să se ridice, să se ducă după ei, să spună: *De data asta, Cateluță, de data asta...* dar picioarele nu i se urnesc. I-or fi amorțit de atâta stat culcat. Nici brațele nu-l ascultă. Și le simte atât de grele, de parcă ar avea pe ele țărână și crengi, pietre și frunze. De parcă l-ar trage toate în jos, să nu-l lase să plece dintre ele. De parcă i-ar spune: *Ești al nostru acum. Rămâi în locul ăsta cu verdeață, unde nu mai este nici durere, nici întristare.*

Viața de pe urmă

Anuța stă în casa mică și albastră din deal. Din curtea ei, dacă te urci pe un povârniș și îți întinzi un pic gâtul, vezi oarecum în ograda lui Nae: o bucată de acoperiș, o porțiune din grădina din spate, câțiva metri de gard. Asta se întâmplă doar vara, fiindcă atunci gospodăriile lor sunt izolate de un zid înalt și gros de frunze. Toamna însă, deja intimitatea celor două case și curți se risipește, iar printre frunzele din ce în ce mai galbene și mai rare se zăresc tot mai multe frânturi de case, de curți, de capre și de oameni.

Nae e văduv. Femeia lui, Mariana, a murit anul trecut după o boală grea. S-a chinuit cu ea, a îngrijit-o, a dus-o pe la doctori, i-a făcut de mâncare și a cărat-o în brațe când era prea slăbită să se mai descurce singură. Când s-a dus ea pe lumea cealaltă, el a rămas așa, ca trăsnit, de parcă nu putea să priceapă că a avut pe cineva și nu mai are. Acum, când nu cheamă vecinii pe la el la o țuică, prilej cu care se cherchelește și plânge după Mariana, stă la telefon cu orele, luând numerele la rând, spunând iar și iar aceleași povești. Parcă, repetându-le la nesfârșit, le-ar pritoci până le-ar limpezi și le-ar da noi sensuri. Dar de fiecare dată concluzia e aceeași, pe care o rostește cu lacrimi în ochi și cu glas tremurat: „Îmi țiuie urechile de atâta liniște... Când trăia Mariana, Dumnezeu s-o ierte, mai aveam și eu cu cine să schimb o vorbă, da' acu', stau huhurez aici..." Poate și de asta, Nae își face întruna de lucru prin grădină, taie cu drujba, bate cu ciocanul, meșterește orice prinde. Curtea răsună zilnic de sunetele ascuțite ale lamei zimțate sau de pocnetul toporului.

Sus, dincolo de zidul de verdeață, moartea a trecut de mult. Să fie vreo câțiva ani de când bărbatul Anuței, Tache, s-a stins de boală. Cică l-a lăsat inima. Ce-i drept, părea mai mereu cătrănit și afurisea de la femeie și copii, la orătănii și animale. De câte ori vocea lui aspră, răstită, spărgea pacea locului, Lupu lătra. Nae se obișnuise și nu mai băga de seamă. A trecut vremea și viața și-a urmat cursul: copiii au plecat la oraș, iar Anuța pare să se descurce singură. Lupu mai latră spre casa ei doar uneori, când femeia își cheamă caprele coborâte pe coastă, la păscut. „Hai, mă, Lupică, cheamă-le tu, mă! Așa, dă-le-ncoa'! Hai la mama!" Ascultător, își joacă rolul, apoi se duce lângă Nae și dă din coadă. E mândru, a făcut treabă bună. Nae îl mângâie pe creștet și se uită spre costișa înverzită, dincolo de care se ghicește altă viață.

Din când în când, se mai duce la ea să-i repare un gard, ea mai vine cu o jumate de țuică, drept mulțumire, el îi mai face cumpărături de la oraș, ea îi mai aduce de mâncare. Se ajută, ca între vecini. Ca între văduvi. Nu stau prea mult la taclale, că Stanca știe tot ce mișcă și una-două ar umple satul de bârfe. Nae însă parcă se simte mai ușor când îi calcă Anuța pragul.

Azi a venit de dimineață să-l invite la pomană. Se fac șapte ani de când s-a prăpădit Tache. Nae dă din cap și promite că se duce. Poate că ăsta ar fi un moment bun să-i spună. Să vadă dacă ar vrea și ea.

— A trecut timpul! începe el, gândindu-se că atâția ani sunt greu de îndurat când ești singur.

El s-a perpelit în așternuturi și a stat cu ochii în gol și după șapte săptămâni, și după șapte luni. Cum s-a împlinit de multișor anul, își zice că poate să nu mai țină doliu. Copiii sunt la casele lor, prin alte țări, îi vede o dată pe an, ce-ar putea să spună? Câteodată se gândește că, dacă ar fi fost un tată mai bun, poate ar fi rămas și ei mai aproape sau măcar l-ar fi sunat mai des. Dar ce să mai facă? Atât s-a priceput. Iar lumea din sat o să cleveteascä o vreme, pe urmă o să-și găsească alt subiect de bârfă. Numai s-o înduplece pe ea... Își drege glasul și întreabă:

— Ție nu ți-e urât așa?

Anuța își ridică spre el privirea albastră, cu sprâncenele ridicate.

— Ziceam că, dacă vrei, am putea...

Anuța își duce o mână la gură, de parcă vorbele astea au ieșit de pe buzele ei și încearcă să le oprească acolo, să le îndese la loc, să nu mai urmeze și altele. Nae adaugă repede, ca să nu scape ocazia:

— Apăi știu că Tache era rău de gură și că nu ți-a fost ușor cu el. Da' io cred că noi doi ne-om potrivi mai bine. Că tare-i urâtă bătrânețea asta! Și-i greu dacă n-ai pă cineva lângă tine, să-ți deie o cană cu apă, să-ți taie un lemn, să mai simți și tu viață de om prin casă... Io așa zic, să te gândești și tu, Anuță!

Femeia nu răspunde, doar genele spălăcite i se închid peste seninul ochilor, ascunzându-l. Își așază mai bine broboada, dă scurt din cap și pleacă, fiindcă mai are de anunțat lume și acuș vine părintele.

Când se face ora, Nae lasă treburile prin curte, se spală pe mâini și intră în odaie să-și ia haine curate, apoi trage poarta în urma lui. De la casele din jur, oamenii se scurg încet, unul câte unul, pe ulița prăfuită. Când se întâlnesc, se salută și arată ridicând bărbia spre casa din deal.

— La pomană mergi?

— La pomană.

Alte cuvinte sunt de prisos. Știu cu toții rosturile. Urcă pieptiș cei treizeci-patruzeci de metri până la poarta Anuței. Când plouă, nu se poate umbla pe aici decât cu cizme de gumă și cu sprijin în toiag. Toți primarii care s-au perindat pe la putere au promis că asfaltează drumul, dar uite că niciunul n-a făcut nimic. Mai sus de căsuța ei sunt livezi și grădini, pe unde iarna vine ursul. Nu de puține ori au rămas fără animale din cauza lui. Se păzesc și ei cum pot, că așa-i viața pe aici.

De la poartă până la casă, aleea îngustă e străjuită de flori, iar dinspre coteţele din spate vine un miros familiar de găini, porc și capre. O pisică portocalie îi urmărește încordată pe nou-veniți, gata s-o ia la fugă. Sătenii dau ziua bună și se așază la mesele întinse în ogradă, iar vreo trei femei cară farfurii și sticle. E un du-te-vino întrerupt numai de câte un strigăt răzleț:

— Mărie, mai adu două scaune, c-a venit și Catelușa cu Gheorghiță!

Sau:

— Victoriță, mai trebuie pâine? Hai c-aduc acu'!

Nae mănâncă, bea, laudă mâncarea și mai stă la taclale cu cei din jur. Printre înghițituri, se uită cu coada ochiului la Anuța. Măruntică, încă plăcută la vedere, se mișcă sprinten printre meseni, aducând tacâmuri, porții noi de ciorbă și ardei umpluți, sticle cu țuică și suc, prăjituri. Știe că datoria ei e să țină obiceiurile și să cinstească mortul, iar a lor, să mănânce și să bea de sufletul lui și să-l pomenească.

Nu caută s-o ia la o parte. A zis ce a avut de zis. Acum, o lasă să se gândească. Doar la sfârșit, îi mulțumește frumos, ia din mâinile ei colacii și coliva la pachet, zice „Bogdaproste! Dumnezeu să-l ierte!“ și se îndreaptă încetișor spre poartă.

— Oar v-ați certat, ai?

Întrebarea femeii plutește în aerul stătut din magazin. Nae a venit să-și ia o pâine, dar Stanca era deja acolo și l-a încolțit. A avut grijă să-i spună că pe Anuța a ajutat-o Gheorghiță cu lemnele pentru iarnă și s-a mirat cu vocea ei pițigăiată cum de nu s-a dus el. Vânzătoarea se mișcă încet, parcă trăgând de timp, și rămâne cu franzela în mână și cu ochii la el. Așteaptă amândouă să le astâmpere el curiozitatea. Nae întoarce capul spre ușă, dar bărbații sunt alături, la o citirică, nu intră niciunul să-l salveze. Nu se poate salva singur de privirile iscoditoare ale femeilor decât dacă le dă ce vor.

Au trecut trei săptămâni de când au avut vorbele alea. Anuța n-a mai venit pe la el nici să-l roage s-o mai ajute cu câte ceva, nici să-i aducă de mâncare. Nu știe dacă îl ocolește sau doar se ține departe cât cântărește bine lucrurile. Mereu a fost tăcută și cumpătată. El e mai repezit din fire, dar nu poate s-o zorească și pe ea. O aude când își strigă caprele, vede lumina aprinsă seara și atât. Și-ar face el drum să vadă dacă n-are nevoie de ceva de la oraș sau de muncă prin curte, însă parcă se codește. Uneori, zărește cu coada ochiului mișcare pe costișă și tresare. Oftează dezamăgit când e doar un câine care umblă după ceva de-ale gurii. Lupu îl urmărește atent, mârâind scurt, după care vine lângă Nae și-și pune botul pe labe. Nici pe el nu-l mai strigă de sus.

— Ai, mă? Zi! îi dă Stanca un ghiont.

— Nu m-am certat, bre, cu nimeni! răspunde el ca trezit din visare.

Întinde mâna după pâine și lăsă banii pe tejghea, după care salută și iese repede afară, să nu le mai dea ocazia să zică și altceva. Aerul răcoros îl învigorează un pic. Se duce spre terasa închisă cu folii de plastic, unde sunt îngrămădite patru mese verzi, cu scaune murdare. Atât a mai rămas din cârciuma veche a lui Nelu, dărâmată după atâția ani la ordinele noului primar, chipurile fiindcă fusese ridicată fără autorizație. Umblă vorba că, de fapt, între ei e o răfuială mai veche, din care fiecare iese, pe rând, câștigător pentru scurtă vreme. Câțiva bărbați trag de câte o bere sau un țoi de țuică, râzând zgomotos. Printre ei, și Gheorghiță. Când intră Nae, se opresc. Dă mâna cu fiecare, dar conversația lâncezește. Dacă ar fi doar el cu Gheorghiță, s-ar interesa de Anuța, dar așa, de fața cu ceilalți, nu-i vine. Tăcerea devine apăsătoare, așa că aruncă într-o doară ceva despre vreme, despre câtă treabă îl așteaptă acasă, și pleacă.

Azi s-a trezit de dimineață cu chef de muncă. A adunat nucile și le-a așezat frumos în lădițe, în beci, să-i ajungă toată iarna. Îi plac coapte pe plită, când e frigul mai aspru și zilele mai scurte. După aceea, a adunat și merele. Anul ăsta s-au făcut și cele roșii, din fața casei, și cele galbene, din fundul curții. Acum le înșiră pe rafturi, fără să se atingă între ele, și aprobă mulțumit. Își pune o țuică și șade un pic, să se odihnească. Fără să vrea, privirea îi fuge în sus, spre casa vecină.

A mai trecut o săptămână și nicio veste. Parcă îi pare și rău c-a deschis gura. A hotărât să nu se mai gândească la asta și și-a făcut de lucru prin curte. Numai că deunăzi s-a întâlnit pe drum cu Cateluța și parcă s-a uitat lung la el, așa, ca și cum ar fi știut ceva. I-o fi povestit Anuța? Poate i s-a părut.

Mai cercetează o dată costișa: nu se vede nimic. Doar salcâmi și nuci și, deasupra lor, cerul înnorat. Își trece palma aspră peste față și trage adânc aer în piept. E trecut de prânz, dar nu-i arde de mâncare. Și-o încălzi ceva mai târziu. Se apucă iar de treabă, că timpul nu stă în loc și mai are de strâns aracii și de aranjat lemnele în magazie, până nu dă ploaia. Lupu ciulește urechile și sare în picioare, dând din coadă. Schelălăie și o ia la fugă înspre poartă. Din copacii care separă cele două gospodării cad întruna frunze.

Un drum lung

Drumul de trei kilometri până la plajă se întinde sinuos în fața ei. Ștefana îl știe pe de rost. În patru ani, de când tot vine în concediu la Sulina, a avut timp să-l învețe. Stă mereu la aceeași gazdă, la doamna Maria, pe strada a doua, unde se termină „orașul". La doar câțiva metri în spate, e „satul", cu drumuri prăfuite, pe care, ici și colo, tronează chiar în mijloc, lată și maronie, câte o balegă aburindă. La început, ea și Victor se amuzau de asta și spuneau că au trecut în altă dimensiune. Acum s-a obișnuit, nici nu le mai dă importanță. Doar le ocolește, lăsându-le să mărească distanța dintre ea și Liliana, și trece mai departe, pierdută în gânduri.

Ieri după-amiază, după ce au sosit, s-au dus direct la cazare. Doamna Maria a ridicat mirată din sprâncene când a văzut-o cu o fată, nu cu soțul ei. A dat să întrebe ceva, dar probabil expresia Ștefanei vorbea de la sine. Le-a condus în camera lor obișnuită, cu bucătărie și baie proprie, separată de clădirea principală, și s-a retras discret, lăsându-le să despacheteze. Ștefana a rămas în picioare, lângă ușă, de parcă nici nu îndrăznea să intre. Vedea umbra lui Victor peste tot: la masa unde își luau micul dejun, în patul în care dormeau și făceau dragoste, pe canapeaua mică de la televizor, unde el moțăia la documentare. Și-a alungat privirea afară, dar bolta de vie i-a amintit cum seara întârziau la o bere și se plângeau de țânțari. A lăsat-o pe Liliana să-și aleagă partea de pat și s-a dus în baie, unde și-a dat cu apă pe față. În oglindă a văzut o străină cu chipul palid și tras. A încercat să zâmbească. Un efort inutil. Ce i-o fi trebuit să se întoarcă?

Aici își petrecuseră ei toate concediile la mare, îmbinând excursiile prin canalele Deltei, pescuitul lui și plaja ei cu după-amiezi leneșe în pat, după câte o masă copioasă cu pește, și cu nopți fierbinți, presărate cu alcool. Aveau ritualurile lor: dimineața se trezeau devreme, el fiindcă abia aștepta să-și întindă undițele, ea fiindcă voia să prindă primele raze ale soarelui deja pe prosop. Cel mai fin nisip de pe litoralul Mării Negre, așa cum îl lăudau toate reclamele, alcătuia cea mai întinsă și liniștită plajă pe care o văzuse ea vreodată. Până acolo, parcurgeau aproape tot drumul împreună, ținându-se de mână, ba comentând câte o vilă care apăruse în ultimul an, ba observând vacile sau caii care pășteau pe câmpurile de pe marginea asfaltului. Când ajungeau la pod, se despărțeau: el se oprea la canale, unde se relaxa urmărind pluta pe suprafața tremurândă a apei și mai schimba câte o vorbă cu alți pescari; ea continua înainte încă o bucată mică de drum neasfaltat, depășită uneori de taxiurile vitezomane cu turiști mai puțin dispuși să parcurgă pe jos cei câțiva kilometri. Sclipirea albăstrie a mării în depărtare era o chemare atât de puternică, încât de fiecare dată i se părea că nu înaintează destul de repede, că se împotmolește în solul moale, că îi obosesc picioarele chiar când mai are puțin, atât de puțin.

Era nerăbdătoare să se descalțe și să simtă nisipul pe tălpile goale, să se instaleze cât mai departe, unde nu ajungeau șezlongurile și cearșafurile și, în sfârșit, să se dezbrace pentru a-și lăsa corpul mângâiat de căldura timidă și apoi din ce în ce mai îndrăzneață a dimineții. Cele câteva ore care urmau erau preludiul unei zile fericite, în care își citea romanul, asculta valurile, își umplea plămânii cu mirosul dulceag de mâl care se împletea cu aerul sărat al mării, admira pescărușii și cormoranii, aduna scoici și înota. Mai ales înota. Lui Victor îi plăcea să spună că el o învățase, după câteva zile în care îi tot explicase cum să țină brațele, cum să respire, cum să îndoaie ușor palmele cu degetele lipite. Însă, în sinea ei, Ștefana simțea că singură învățase, încăpățânându-se să încerce iar și iar, mai degrabă testând intuitiv, decât urmând vreo tehnică anume, pentru că nu putea accepta ca în dragostea ei pentru mare să se strecoare frica. Trebuia să devină una cu apa, să se poată pierde în ea complet, să șteargă definitiv orice limită și orice reținere, iar pentru asta era nevoie de încredere absolută. Bucuria ei când a reușit să facă prima plută și să înainteze primii metri a meritat tot efortul. Nu devenise o înotătoare foarte bună, dar, pentru ea, era de ajuns.

Uneori, venea și el pe plajă, dar de cele mai multe ori, pe la unsprezece, când soarele era deja prea puternic, Ștefana se ridica și își strângea lucrurile cu părere de rău, după care se îndrepta agale spre una dintre cele două terase de la intrare. Acolo o aștepta Victor, așezat la umbră cu o bere și o cafea în față. Îi simțea privirea oprindu-se pe formele ei și, știindu-se admirată, parcă fără să vrea își unduia mersul. Când, în sfârșit, ajungea lângă el, zâmbetul pe care și-l stăpânise cu greu izbucnea cu toată forța bucuriei de a-l revedea.

Ștefana scutură din cap, să alunge amintirea. A fost o idee proastă să se întoarcă fără el. Doar știa că o să-i fie greu. Dar tocmai de-asta a și vrut să vină. A fost ca un fel de pariu cu ea însăși: voia să vadă dacă poate să-și revendice locul ăsta, odată iubit de amândoi, să-i rămână ei, la fel cum i-au rămas și apartamentul, cărțile, câteva mobile și un amalgam de sentimente pe care încearcă să le descâlcească. I-a fost totuși teamă să vină singură, așa că a luat-o cu ea pe vară-sa, care are propriile rușini și vini de rezolvat și la care încă nu știe cum să se raporteze. Erau ca două surori înainte, dar între ele s-a schimbat ceva, n-ar ști să spună cu exactitate ce, însă e o tensiune în aer, o fragilitate, o îndoială amenințătoare și dureroasă care ticăie ca o bombă cu ceas. Ștefana îi dă târcoale cu atenție, să nu îi deranjeze mecanismul complicat, deși uneori îi vine să o detoneze odată și să scape de toate. Două epave, asta sunt amândouă, dar poate că, dacă au eșuat amândouă aici, o să se repare cumva una pe alta.

Acum merg umăr la umăr pe drumul șerpuit și, ca să spargă tăcerea, Ștefana o întreabă:

— Îți place? Ai obosit?

Liliana face o mișcare vagă din cap, aprobând și negând totodată:

— Îmi place. E liniște. Când văd vacile și caii, mi-aduc aminte de casă.

E un soi de melancolie în vocea ei, dar mai e ceva, o oboseală, o reticență, o teamă de a nu spune sau face ceva greșit. Ștefana aproape că urăște fragilitatea asta, care o obligă să se poarte cu atenție, nu cumva s-o spargă. Dar cu propriile cioburi ce face?

— Doar că noi în sat nu avem mare, vine parcă de nicăieri replica Lilianei, după atâta timp, că Ștefana și uitase despre ce vorbeau.

Liliana tocmai a terminat clasa a zecea. Când a venit să stea la ei, la început de liceu, era o adolescentă cuminte și tăcută, ușor stingheră, dar hotărâtă să lase în urmă fata de la țară. După aproape doi ani, Ștefana vede o altfel de tăcere pe fața ei, una izvorâtă dintr-o maturitate sosită prea devreme. Pare că trăiește undeva, în lumea ei, în care cei din afară nu reușesc să pătrundă. Ca să afle, Ștefana trebuie să procedeze cu grijă, să pună întrebările potrivite, să aibă răbdare. Și, mai ales, să nu o judece. Să nu o învinuiască. Or asta îi este foarte greu. Uneori, îi vine s-o scuture și să strige la ea: *De ce nu mi-ai zis nimic?* Alteori, se întreabă dacă e posibil ca inocența aia să fie numai de fațadă, însă respinge gândul imediat. De cele mai multe ori, ar vrea să se scuture singură: *Cum de nu ai observat?* E greu să împartă vina, când, de fapt, sunt trei oameni implicați, fiecare cu versiunea lui și cu partea lui de responsabilitate.

Cumva, Sulina este locul ideal în care să-și lingă rănile. E așa un amestec de vechi și nou, de ruine și anticipare, de abandon și descoperire, încât în toată degradarea orașului fantomă este și o frumusețe aparte, care se arată doar ochiului dornic s-o vadă. Aseară, când, într-o doară, ca să mai anime plimbarea pe faleză, i-a împărtășit observațiile ei Lilianei, fata i-a răspuns cu un citat: „Din bube, mucegaiuri și noroi,/ Iscat-am frumuseți și prețuri noi". Ștefana a privit-o mirată, nu se așteptase la versuri, dar Liliana a adăugat jenată că studiase recent Arghezi la școală și că îi plăcuse mesajul. Ștefana și-a zis că asta trebuie să facă și ea. Din toată mizeria în care se scălda de atâtea luni, să caute cu tot dinadinsul ceva bun de care să se agațe și care să o ajute să meargă mai departe. Să le ajute. Pe amândouă. A tăcut însă. Discursurile motivaționale nu păreau să-și aibă rostul atunci și acolo. În schimb, a cumpărat două înghețate la cornet și s-au așezat pe o bancă, pe malul Dunării, să le mănânce cu ochii la bărci.

Azi-noapte nu a reușit să doarmă. S-a perpelit până în zori, când a răsuflat ușurată că nu mai trebuie nici măcar să încerce. A făcut o cafea, a trezit-o și pe Liliana și au plecat devreme spre plajă. Au parcurs aproape tot drumul în liniște, și pentru că fata era încă somnoroasă, și pentru că ea era tare obosită. Mai au puțin. La orizont se zărește albastrul calm al mării, iar mirosurile întrepătrunse de dulce și sărat o scot din visare. Îi arată Lilianei, zâmbind, și inima îi tresaltă. Bucuria revederii e atât de intensă încât, chiar și pentru o clipă, anulează orice suferință. Îi vine să o provoace pe vară-sa la o întrecere până la apă, dar nu se simte în stare. Trage cu ochiul la Liliana. Probabil nici ea. E în regulă, o iau încet, cu pași mici. Dar marea lucrează prin căi nebănuite: nisipul fin de sub tălpi, galbenul pal înconjurător, întrerupt de tufe verzi, aspre, țipetele cormoranilor, valurile minuscule care se sparg de țărm și promisiunea răcoritoare a apei le fac deja să se simtă mai bine.

Își aleg un loc destul de îndepărtat de centrul plajei, își așază rogojinile și se dezbracă. Ștefana observă carnea tare și sânii obraznici ai Lilianei și iar i se întunecă privirea. Recunoaște în ei tentația, înțelege de ce; chiar și așa copilă cum pare ea, vară-sa putea să fie ademenitoare. Fata însă face gesturi timide, reținute, pe care le întârzie cât de mult poate. Nu pare conștientă de frumusețea ei, chiar dimpotrivă. Ștefana își aduce aminte cum era ea în adolescență, își ura fiecare centimetru de piele și totul i se părea dizgrațios la propriul corp: prea slab, prea alb, nasul prea lung, buzele prea subțiri, ochii prea mici, nimic, dar nimic nu era cum trebuia. Acum îi vine să râdă: câte probleme își inventează omul singur și cât de neînsemnate i se par pe urmă, când se lovește de necazurile adevărate! Se întoarce cu spatele și se dezbracă mecanic, refuzând să-și vadă trupul.

Ca să-și abată gândurile, își scoate cartea. Nu prea se poate concentra, dar stă cu ochii pe pagină, încăpățânată.

— Ce citești? o întreabă Liliana și simpla ei curiozitate îi aduce în minte un val de amintiri de când îi împrumuta cărți pe care fata le citea pe furiș, ascunzându-le în coperte de caiet.

Îi arată titlul zâmbind: *O vară fără bărbați*, de Siri Hustvedt.

— Despre ce e?

— Hm... Despre o femeie înșelată, care înnebunește de durere și se duce în alt oraș să-și revină. Probabil n-a fost o alegere prea deșteaptă...

Pufnește în râs și se miră și ea că poate să glumească despre un subiect care până azi doar a făcut-o să plângă. Liliana se foiește. Nu știe cum să reacționeze. Adevărul e că nici ea. Se lasă în voia lucrurilor. Închide cartea cu un pocnet și întreabă:

— Hai în apă, vrei?

Liliana încuviințează din cap și se ridică. Merg împreună până când spuma de la țărm le udă tălpile. E rece. Niște vietăți minuscule le gâdilă pielea. Sunt ca niște crabi milimetrici, cafenii, ce roiesc în toate direcțiile și li se strecoară printre degete. Chicotind, intră în apă, ca să scape de ei. Nisipul e moale, senzația, tot mai plăcută. E bine. Aici, marea se adâncește abia departe, așa că merg mult cu apa până la glezne, până la genunchi, urcă un dâmb, coboară iar și răcoarea se înalță până la coapse, până la mijloc, le acoperă sânii și umerii. Se bălăcesc, înoată, se stropesc, râd și uită. Când, în sfârșit, înfrigurate, revin pe plajă, constată că lucrurile lor au fost înconjurate de cearșafuri și turiști. Par mai mulți decât în anii trecuți, în partea asta nu prea ajungea lumea. S-ar muta, dar îi e lene să le adune pe toate și să le așeze din nou câțiva metri mai încolo, unde e posibil să fie asaltate din nou. Își croiesc drum printre ei și se usucă repede cu prosoapele. Aplică generos cremă de protecție solară, se așază și așteaptă ca razele soarelui să le alinte corpurile obosite.

În momente ca ăsta, i se face dor de Victor. Mai precis, de familiaritatea brațelor lui, de obrazul proaspăt ras și frumos mirositor, de privirea lui pofticioasă și tonul glumeț. Și în momente ca ăsta îi e cel mai greu să nu pună mâna pe telefon ca să-l sune, să-i audă vocea, să-l creadă, să-l vrea înapoi. Se zvârcolește iar și i se pare că toată greutatea lumii apasă pe ea și o afundă tot mai adânc în nisip. Îi vine să se îngroape acolo, să nu mai știe de nimic.

O voce de femeie în vârstă, care se aude de undeva din spate, îi distrage atenția. Pare că vorbește singură, dar asta doar din cauză că ceilalți îi răspund mai încet, aproape mormăit. *Tudorică, întinde cearșaful ăsta și nu mai sta cu capul gol! Pune-ți șapca, mă, că faci insolație! Adiță, stai lângă mamaia, nu te duce singur în apă! Lasă tableta, că ești pe plajă, uite, fă un castel de nisip, adună scoici! Toată ziua cu ochii în ecranul ăla, mai bine nu ți-o aducea tac'tu. Tudorică, ți-ai pus șapca?* Brusc amuzată, Ștefana se ridică în fund și se uită cu coada ochiului. În urma celor trei merg o femeie tânără, înaltă și roșcată, și un bărbat deja bronzat, amândoi împovărați cu un cort de plajă, două șezlonguri, un colac și tot felul de genți și gentuțe. Vorbesc între ei, el, cu un ușor accent italian, ea, cu voce calmă, plăcută. Așa ar fi putut fi ei peste câțiva ani. Întoarce capul.

Lângă ea, Liliana citește. Întinde o mână să-i scuture nisipul de pe spate și fata tresare. La fel a tresărit și în ziua aceea, acum jumătate de an, când a anunțat-o că o să plece în delegație câteva zile și că ea o să rămână cu Victor. La început, Ștefana nu a înțeles reacția fetei. A crezut că i s-a părut. L-a întrebat pe Victor dacă știe ce are Liliana, dacă s-a întâmplat ceva. El a răspuns indiferent, parcă puțin supărat că ea pleacă, după ce și-așa muncise mult în ultima vreme și stătuse rar cu ei pe acasă. A doua zi, la birou, a avut o senzație sâcâitoare că ceva nu e în regulă. Ar fi trebuit să mai stea câteva ore, să pună la punct detaliile prezentării, dar n-a mai putut. S-a dus acasă devreme, fără să anunțe. A deschis ușa apartamentului și l-a găsit cufundat în întuneric. Doar de sub ușa Lilianei răzbătea un firicel de lumină. A vrut să ciocăne, dar dinăuntru a auzit murmure. A apăsat ușor pe clanță. Liliana era îngrămădită într-un capăt de canapea. Victor stătea cu spatele spre ușă, cu o mână pe piciorul ei, cu cealaltă petrecută pe după umeri. Când a auzit mișcare, s-a retras brusc, speriat. Liliana a izbucnit în plâns și a fugit în baie. Aproape că nu mai știe ce s-a întâmplat, timpul a părut că se comprimă și se dilată deodată. De câte ori vrea să-și pună amintirile în ordine, i se amestecă totul în minte. Vede doar frânturi: ea cerând socoteală, el făcându-i reproșuri că nu e niciodată acasă, Liliana plângând rușinată, el aruncându-și câteva lucruri într-o geantă și trântind ușa în urma lui, ea încremenind, ruptă în două. Măcar lucrurile n-au ajuns prea departe și ce ar fi fost mai rău a putut fi evitat. Dar dacă nu se ducea atunci acasă?

Multă vreme a fost furioasă pe Victor. Îi venea să-l lovească cu pumnii ei mici, să-i strige toată durerea ei, să-l rănească la fel de tare, și mai tare, să îl pedepsească cu nepăsare sau cu o iubire nouă. A rememorat totul de-a-fir-a-păr, întrebându-se unde, când și cu ce a greșit. Și-a închipuit un milion de scenarii cu el, ea, amândoi, altul sau alta, până când a simțit că înnebunește. Dar de cele mai multe ori, a reluat în minte clipele acelea dinainte de a ști, ezitarea ei de a bate la ușă, încercarea ei probabil inconștientă de a prelungi iluzia fericirii, de a amâna certitudinea. Și-a dorit să poată retrăi acele câteva minute dinainte să arunce totul în aer, ca să procedeze altfel: să facă pașii înapoi spre stradă și să sune de afară, anunțându-și sosirea; să discute între patru ochi cu Liliana și să o mute la altă gazdă; să stea mai puțin la birou și mai mult cu Victor, care poate doar acționase prostește, din cauză că se simțise neglijat. A căutat scuze și explicații, spunându-și că acum ar fi avut totuși o căsnicie, iar Liliana și-ar fi revenit mai repede în alt mediu, departe de ei. Dar oricâte reproșuri și-ar face în minte și oricâte alternative ar găsi, știe că, odată strecurată între ei, îndoiala ar fi săpat și-ar fi ros până când ar fi căscat ditamai prăpastia.

Se ridică și intră în apă. Are nevoie să-și limpezească iar gândurile. Se afundă treptat în mare, bucurându-se de senzația răcoritoare ce-i inundă corpul. Când apa e suficient de adâncă, se întinde pe spate și își lasă greutatea să plutească. Urechile și creștetul capului îi sunt acoperite, nu mai aude decât un zgomot prelung, înfundat și, din când în când, un clipocit plăcut. Căldura soarelui îi mângâie fața. Se simte ca un punct pe întinderea albastră imensă și toate grijile ei par mărunte. Senzația asta, pentru Ștefana, e una dintre cele mai frumoase pe care le-a trăit vreodată, e ca un botez care o curăță de orice. Sau aproape orice. Își scufundă capul și își ține respirația cât de mult poate. Când iese iar la suprafață, lângă ea e tânăra înaltă și roșcată de pe plajă. Îi zâmbește prietenos. Intră în vorbă: de unde sunt, cât stau, da, se pare că o să se tot întâlnească pe aici. Se prezintă.

— Dana, răspunde cealaltă.

Și adaugă dând ușor dintr-un umăr:

— Scuze pentru gălăgie, știu cum e.

Ștefana dă din mână ca pentru a-i spune că nu-i nimic, înțelege.

— Înainte, evitam familiile cu copii de pe plajă, continuă ea. Dar, mai devreme sau mai târziu, presupun că toți ajungem acolo.

Ștefana râde scurt și dă aprobator din cap. Apoi se duce lângă Liliana și se întinde pe rogojină. Se simte mai ușoară. Își întoarce privirea spre fată.

— Hei! zice.

Liliana își scoate nasul din carte. Ochii ei mari sunt întrebători. Ar vrea să-i spună ceva profund și înțelept. Ar vrea să-i spună măcar că totul o să fie bine. Dar până acolo mai e drum lung.

— Te-ai înroșit pe umeri, îi zice într-un final. Hai să te mai dau cu cremă.

Generații

Șinele înalte și colțuroase se întind la dreapta și la stânga mea până hăt, departe, pierzându-se printre siluete de clădiri cenușii într-un capăt și printre copaci în celălalt. Aș putea s-o iau în oricare direcție, încercând să-mi țin echilibrul pe ele, așa cum făceam când eram copil și-mi închipuiam că sunt o gimnastă pe bârnă. Vreau s-o iau spre pădure, dar pe șina cealaltă îi văd pe mama și pe tata ținându-se de mână, cu Ana alături. Strig la ei să urce pe peron, numai că din gâtlej îmi ies niște sunete înfundate și nedeslușite, acoperite de un șuierat amenințător. Vine trenul. Țipătul ăla se aude din ce în ce mai tare și îmi dau seama că impactul e inevitabil. Din reflex, întind mâna într-un gest de apărare, dar nimeresc telefonul. Mormăind și cu un ochi abia mijit, glisez de mai multe ori ceasul de pe ecran, până reușesc să opresc alarma. Intenționat am ales un sunet strident, ca să fiu sigură că are efect, dar acum regret. Tare mi-ar plăceaaa... să adooorm... la loooc... Fir-ar! Cu ochii încă lipiți de somn, mă ridic în fund și îmi las în jos picioarele obosite. Rămân câteva secunde așa, încercând să mă dumiresc cine sunt, unde sunt, ce am de făcut.

Treburile zilei mă atacă din toate direcțiile ca în filmele în care eroul se bate cu mai mulți răufăcători odată: făcut mic-dejun, trezit Ana, să nu întârzie iar la liceu, băgat mașina de spălat, chemat electricianul să repare priza din bucătărie, făcut cumpărături, gătit, scris articolul despre energia verde și documentat despre bullying la școală, dat cu aspiratorul în toată casa, sunat pe ai mei, întâlnit cu părinții din clasa Anei pentru acțiunea aia cu reciclarea, vorbit cu Sergiu să văd dacă o ia pe Ana la el în weekend... și mai era ceva, dar precis o să-mi aduc aminte când o să fie prea târziu.

Mă spăl repede pe față și pe dinți, încercând să nu calc în nisipul ud al pisicii, pe care Zuza îl aruncă încăpățânată afară din litieră. Parcă îi face plăcere să mă vadă strângându-l și boscorodind-o, doar ca să-mi arate cât de nepăsătoare e. Apoi vine și mă miaună, certându-mă că am îndrăznit s-o las nemâncată până la ora asta. Eu nici n-am vrut-o, că nu-mi plac neapărat pisicile, dar am cedat insistențelor fiică-mii, care mi-a promis că o să aibă grijă de ea. Bineînțeles că-și aduce aminte de Zuza numai când e de joacă, hrănitul și curățenia mie-mi revin.

E șapte fără un sfert, mă duc s-o trezesc pe Ana, pregătită s-o scutur și s-o strig de mai multe ori, până reușește să-și dezlipească genele. Cine știe până la cât o fi stat azi-noapte de vorbă cu prietenele pe WhatsApp? Stinge lumina numai de gura mea, pe urmă ea știe ce face. La mine striga mama să închid lumina ca să nu mai citesc până la ore mici, dar copiii de azi sunt dependenți de Instagram și TikTok, nu de cărți. Am încercat o dată să-i iau telefonul seara, însă după istericalele de atunci, nu cred că aș mai avea vreodată curajul s-o iau de la capăt.

Mă apuc să-i fac un sandviș cu Almette și somon afumat pe toast de secară, cum știu că-i place ei, dar sună telefonul. E mama. De câte ori mă sună dimineața, îmi fac griji că s-a întâmplat ceva. Îmi trec prin minte diverse scenarii apocaliptice, care includ spitale, accidente, explozii și alte nenorociri. Inspir adânc și mă cert că-s prăpăstioasă, dar îmi spun că tot de la mama am învățat și asta.

— S-a întâmplat ceva cu tăticu? întreb eu direct.

— Onuță, m-ai sunat tu? se aude vocea mamei, care, pentru a nu știu câta oară, nu răspunde la ce îi zic eu, ci-și vede neabătută de ale ei.

— Nu, of! M-ai și speriat că ai sunat la ora asta...

— Am văzut aici că m-a căutat cineva și am crezut că ai fost tu.

I-am explicat de o mie de ori cum să verifice pe telefonul mobil de la cine are apeluri pierdute, dar de fiecare dată mă întreabă, cu un amestec de obișnuință și speranță, dacă eu am fost persoana misterioasă. Relația mamei cu tehnologia a fost mereu complicată. S-a bazat când pe tata, când pe mine să-i rezolvăm diverse nevoi, refuzând cu încăpățânare să rețină succesiunea apăsărilor pe butoane. Tocmai îmi povestește iar de Maia, bunica mea, care la nouăzeci și patru de ani este mai plină de viață decât ei doi la un loc, și de nu știu ce vecină cu care s-a întâlnit aseară. O ascult cu o ureche, fiindcă am mai auzit poveștile astea, sunt mereu aceleași, cu câteva mici variațiuni.

— Onuță, auzi tu la Maia, zice că nu mai vede deloc și că s-o ducem s-o opereze la ochi, dar ea îmi arată ochiurile pierdute la andrele. Ei, poftim la ea! Ce șmecheră e, cum s-o mai crezi?

Maia e mama ei, de care are grijă ea, ca singura fiică. Doar nu era să se lase pe mâna nurorilor la bătrânețe, nu? îi amintește ea uneori, când mama se mai plânge, bazându-se pe faptul că bunica nu mai aude bine. Dar se pare că și auzul îi e la fel de selectiv ca vederea. Maia se aude comentând ceva pe fundal, numai că eu nu mai sunt atentă, fiindcă Ana a intrat în bucătărie îmbrăcată cu niște blugi deșirați de sus până jos și cu un top care seamănă cu un sutien mai lung. Trebuie neapărat să port o discuție serioasă cu taică-su despre banii pe care i-i dă pentru haine, fără să verifice și ce-și cumpără de ei. Sandvișul pe care i l-am pregătit cu atâta grijă a rămas pe farfurie. În schimb, fiică-mea m-a asurzit cu blenderul și a stropit blatul cu o pastă verzuie.

— Ce-i asta? o întreb mai mult din gesturi.

— Detox! îmi răspunde ea sec și dă pe gât băutura aia care pare vomă de avocado.

— Onuță! Onuță, mai ești acolo? Mă auzi?

Sunt obișnuită să aud vocea mamei în cap, de regulă în orice situație în care ea ar zice alb, iar eu, negru. Ca atunci când Sergiu mă anunța că iese cu băieții la bere, iar mama din capul meu exploda: *Da' de ce el să iasă în oraș și tu să stai acasă? De ce nu ieșiți împreună?* Ca s-o amuțesc înainte să se lanseze în teoriile ei despre cum *Nu poți să ai încredere în bărbat! Nici în prietene! Se întâmplă fel de fel de lucruri!* și în exemplele vecinelor și colegelor ei, îi explicam, tot în capul meu, că *E ok, eu mă văd cu niște prietene, suntem un cuplu modern, putem ieși liniștiți și separat, nu e nicio panică*. Ce-i drept, până la urmă, eu și Sergiu am ajuns să ne separăm de-a binelea, dar nu-i mai dau mamei apă la moară. Și-așa e ca și cum aș avea două capete în loc de unul, care nici măcar nu se înțeleg. De data asta însă, vocea ei se aude de-adevăratelea, din telefonul pe care-l țin chinuită între ureche și umăr, pentru că mâinile îmi sunt ocupate cu resturile de mâzgă lăsate de Ana pe blat.

— Alo! Alooo!

— Da, sunt aici, răspund gâtuită.

— Ai auzit ce am spus? Să vii să vorbești cu taică-tu, că eu nu mă mai înțeleg cu el. Nu vrea nici să-și ia pastilele, nici să mănânce... Poate de tine ascultă.

Tata a fost dintotdeauna pofticios. Când eram copil, mama îl certa mereu că-mi fura din farfurie, iar când venea vorba de dulciuri, devenea și el copil. Să-l vedem refuzând mâncarea e cel mai clar semn că boala l-a schimbat. Îi răspund că mă duc la ei după-amiază și, în gând, îmi rearanjez programul, tăind de pe listă orice poate suferi amânare.

O pun pe Ana să se schimbe în ceva decent înainte să plece la școală, ceea ce declanșează o nouă criză de nervi și niște uși trântite. Încerc să-mi aduc aminte dacă la fel făceam și eu la cincisprezece ani și îmi vine s-o sun înapoi pe mama ca să-i cer iertare. Apoi îmi dau seama că, și acum, capul ei se ițește de după al meu și strigă cu vocea mea aceleași replici de demult. Ce naivă eram în tinerețe, când credeam că o să fiu cea mai bună prietenă a fiicei mele și că n-o să țip niciodată la ea!

Îmi petrec restul zilei ca Vagabondul lui Chaplin, care strânge șuruburi pe banda rulantă. Rutina asta casnică, pe care pot s-o fac pe pilot automat cât mă gândesc la ale mele, mă ajută să-mi ordonez ideile și să-mi las sentimentele să se decanteze. Grijile pentru Ana, ciuda că anii trec prea repede și că deja nu mai vine să mă ia în brațe, ca în copilărie, ci doar îmi răspunde enervată sau îmi cere bani pentru diverse pe care de multe ori nici nu le înțeleg; iureșul ăsta de treburi zilnice în care mă arunc bezmetic, plângându-mă că nu-mi mai lasă vreme și pentru altceva, dar de care poate mă folosesc ca pretext tocmai ca să nu recunosc – nici măcar față de mine – că nu sunt pregătită pentru altceva; iar, mai nou, groaza de momentul tot mai apropiat în care voi fi nevoită să mă despart de un părinte.

De un an, de când am aflat de boala lui tata, am intrat într-un război cu timpul. Am vrut ba să-l dau înapoi, ba să-l opresc în loc. Când doctorul a rostit cuvântul „biopsie", m-am blocat, de parcă nu îi cunoșteam sensul. Asta era ceva ce se întâmpla mereu altora, nu nouă. Era ceva ce vedeam în filme sau citeam în cărți. Iar când a venit diagnosticul, nici nu am fost în stare să rostesc cuvântul ăla cu „c". Era prea crunt și, rostindu-l, l-aș fi făcut real. Aș fi fost obligată să-l accept. Dar bolii nu-i pasă de sentimentele tale. Ea sapă neimpresionată în oase și în organe și degeaba cauți semne din trecut și îți faci procese de conștiință, degeaba te rogi și speri. Te forțează să înțelegi că e prea târziu când din tatăl vesel și energic n-a mai rămas decât un bătrân slab, speriat și obosit. O fantomă.

De un an, la exterior zâmbesc și îi încurajez, dar în sinea mea scotocesc frenetic printre amintiri. Mă agăț de jocurile noastre din copilărie și de privirea lui complice când făceam câte o ispravă pentru care știam că o să fim certați; de aerul ghiduș pe care îl lua cu mama, ba chiar și cu Maia uneori, care uita pentru o clipă că nu prea-și place ginerele și râdea cu gura știrbă, doar ca să și-o acopere imediat și să plece bodogănindu-l; de excursiile noastre cu bicicleta pe drumuri de țară și de plăcerea de a ne uita la filme împreună. Invoc certurile din adolescență și sfaturile părintești de când eram adult. Scormonesc după imagini, sunete, mirosuri, îmbrățișări, ceva, orice, numai să mi-l fixez acolo pentru totdeauna.

Încerc să fiu sprijin pentru mama, însă îmi dau seama că tot ea, după cincizeci de ani de căsnicie, e mai tare decât mine și încearcă să mă protejeze. Părinţenia te învaţă multe lucruri. Te călește. Îţi arată că poţi mult mai mult decât te credeai în stare. Și ai face orice ca să-ţi ajuţi copilul. Mă gândesc că, dacă mama e tare pentru mine, poate că și eu o să fiu tare pentru Ana. Când termină orele, o sun să-i spun că o iau de la școală ca să mergem la ei. Pufnește că avea deja alte planuri, dar i-o tai cu argumentul suprem: „Nu se știe cât o să-l mai ai pe Tuţi. Profită de zilele astea cu el". Știu că nu mai are ce să zică, tata i-a fost și ei ca un tată, când Sergiu stătea mai mult plecat ori era prea ocupat, obosit sau nervos ca să se joace ori n-avea chef să vină s-o ia. Tata, în schimb, o purta pe umeri și o făcea să râdă, îi citea povești și dansa cu ea până cădeau laţi amândoi. Sergiu e tot absent. Bine că are grijă de copilul alteia. Pe Ana o vede destul de rar, preferă să-i dea bani și să scape de obligaţie, iar ea s-a învăţat să profite de asta. Așa că Tuţi e slăbiciunea ei.

În mașină, stă cu ochii în telefon și căștile pe urechi. În mod normal, eu aș încerca să purtăm o conversaţie, însă de data asta îmi prinde bine și mie răgazul. Deși satul e la două ore de București, mă întorc rar. Prea rar. Mereu intervin altele de făcut. M-am obișnuit să-i știu acolo, la distanţă de un telefon, și promit să vin mai des să-i văd, chiar dacă nici eu, poate nici ei nu mai credem asta. Intrăm încărcate de sacoșe în curtea răcoroasă. Totul mi se pare familiar, dar parcă mult mai mic. Arunc o privire de-a lungul drumului – prăfuit pe vremuri, asfaltat de câţiva ani – în capătul căruia apărea tata în fiecare vineri. Fetiţa din mine încă vrea să alerge în întâmpinarea lui și să-i sară în braţe. Adultul doar oftează.

Mama și Maia sunt în bucătăria de vară. Mama se ridică să ne întâmpine bucuroasă, dar are ochii roșii. Maia e prea mică și slăbită, ne ducem noi la ea și o sărutăm pe obrajii supți. E o apăsare în aer, ca atunci când parcă s-au spus cuvinte grele sau când nu s-au spus cu voce tare, dar ele planează deasupra tuturor, ca o amenințare. Întrebăm unde e tata. Mama dă din cap spre casă și ne zice că se odihnește. În ultima vreme, doarme mult.

O iau pe Ana de mână și mă mir că mă lasă. Mi se pare iar fetița din prima zi de grădiniță, care ezita să intre în clasă. O strâng ușor și-i zâmbesc.

— Hai!

În cameră e semi-întuneric și un miros familiar de mobilă veche și lavandă, dar și un iz mai nou, umed și înțepător. Televizorul e pornit, fără sonor. Întinsă pe pat, silueta micșorată a lui tata. O mână i se sprijină pe pieptul care se ridică și coboară ușor, iar cealaltă e ascunsă sub pătură. Mi se pare că moțăie și dau să mă întorc și să ies tiptil, însă el ridică mâna încet și îmi zice pe nume:

— Onuță!

Mi se pune un nod în gât. În afară de părinți, nu mă mai strigă nimeni așa. Pentru toți ceilalți, sunt Ioana, mama sau, câteodată, în trafic, „proasta dracului", dar pentru ei am rămas copilul lor. Nu vreau să nu mai aibă cine să mă alinte așa. Mă apropii și-i pun o mână pe frunte. E caldă și umedă. Încerc să vorbesc fără să-mi tremure vocea:

— Ce faci, tăticu? Cum te simți? Stai confortabil? Ai tot ce-ți trebuie?

Face semn că da și întoarce capul spre Ana. Îi face cu ochiul, străduindu-se să-și reprime o grimasă de durere. Ca la un semnal, fata țâșnește spre el.

— Tuțiii! Tuțișorul meu! Mi-a fost dor de tine!

Se așază lângă el pe pat și îi ia mâna osoasă într-ale ei. Începe să-i povestească o istorioară de pe la școală, el o ascultă atent. Îi las și mă duc înapoi în bucătărie, de unde răzbat înfundat vocile celor două femei:

— ... prosoape, colivă, colaci, banii pentru părinte și pentru dascăl, înșiră Maia, așezată pe același scaun de la masă.

Mama stă cu spatele la ea și-și face de lucru la chiuvetă. Îi văd umerii rigizi și știu că nu vrea să vorbească despre asta. Nici eu nu vreau.

— Lasă-mă pe mine să le spăl, zic eu, dar ea clatină din cap.

— Gata, că aproape am terminat. Stai jos! Ți-aduc niște sirop de soc? Îți pun ceva de mâncare? Am ciorbă de păstăi și ardei umpluți. Azi le-am făcut...

Dau din cap că nu vreau nimic. O prind de mâna cu care ștergea masa și o trag încet să stea lângă noi.

— Mama, hai să vorbim! A mai zis ceva doctorul?

— Ce să mai zică? Îi ia sânge, îi pune perfuzii... Cică face tot ce poate. Nici n-a vrut să ia bani.

Oftează. Se șterge la ochi. Dinspre Maia se aude o tânguire:

— Eh, ce să-i faci? Așa-i viața omului. Parcă pe mine nu mă dor toate alea? Și nu mă mai ia Dumnezeu odată!

— Hai, nu mă mai amărî și matale! se ridică mama în același timp în care ușa bucătăriei se deschide și intră Ana.

— Tuți a adormit, zice ea și se așază lângă mine.

Peste noi se lasă tăcerea. Patru femei, patru generații. Maia își pipăie pielea încrețită și aspră a mâinilor. Ana e deja cu ochii în telefon. Mama își face de lucru cu niște farfurii și pahare. Iar eu pendulez între ele și mă simt din nou ca pe șine, când de undeva, de aproape, se aude trenul și știu că impactul e inevitabil.

Mulțumiri

Știu cititori pentru care pagina de mulțumiri de la sfârșitul unei cărți nu prezintă niciun interes. În definitiv, e doar o înșiruire de nume, multe necunoscute, și de „mulțumesc"-uri repetate.

Eu fac parte dintre cei care, odată ajunși la finalul lecturii, parcurg și secțiunea aceasta, uneori cu atenție, alteori pe diagonală, pentru a afla cine și în ce fel i-a ajutat pe autori să-și vadă poveștile scrise și publicate.

La fel mi se întâmplă și când traduc: după ce răsuflu ușurată că am terminat versiunea brută, înainte de a reveni asupra ei pentru revizuirile de finețe, abordez cu un aer sprințar rândurile de mulțumiri. Pentru mine, ele înseamnă nu doar finalul mult-așteptat al unei munci de câteva luni, în cazul meu, și poate de câțiva ani, în cazul scriitorilor, ci și o ieșire la rampă a acestora, când, în sfârșit, își dau măștile jos, revin la vocea proprie și se înclină.

Pentru că, de data asta, am ocazia să scriu propriile mulțumiri, ca autoare, mi-am spus că nu pot s-o ratez. Poate printre cititorii mei se vor afla și unii care, ca mine, vor vrea să afle câte ceva din culisele scrierii cărții de față.

Le mulțumesc, așadar, tatălui meu, care mi-a insuflat de mică dragostea pentru citit și care și-a dorit, la rândul lui, să fie scriitor; din păcate, n-a mai apucat să-mi vadă volumul publicat, dar figura lui este evocată în câteva texte; mamei mele, care îmi lăuda compunerile în școală și care a contribuit, în mare măsură, la formarea povestitoarei din mine; surorii mele, de la care împrumutam cărți bune în adolescență, lărgindu-mi astfel orizontul.

Le mulțumesc tuturor scriitorilor (Florin Iaru, Cosmin Perța, Marin Mălaicu-Hondrari, Maria Manolescu, Adina Popescu, Alina Nelega și lista poate continua) și colegilor (Delia, Vero, Florentina, ca să dau doar câteva nume) de la cursurile și atelierele de *creative writing*, pentru că mi-au citit încercările și mi-au dat feedback util. Mă bucur că pe câțiva dintre ei îi pot numi acum prieteni.

Le mulțumesc prietenilor mai vechi care au descoperit surprinși că scriu și m-au încurajat de pe margine (Cristina, John, Diana: sunteți în capul listei).

Îi mulțumesc lui Eli Bădică pentru încrederea acordată și pentru munca atentă la acest volum și întregii echipe *n'autor*/Nemira, pentru tot ce presupune apariția unei cărți.

Un gând special se îndreaptă spre G., care îmi e mereu alături, și spre Rucsandra, care m-a ajutat să pășesc cu încredere pe un drum nou.

Închei prin a vă mulțumi vouă, cititorilor, pentru că mi-ați acordat timpul și atenția voastră. Nu pot decât să sper că a meritat.

Cuprins

DESCOPERĂ PLĂCEREA LECTURII ȘI ONLINE!

Urmărește-ne și pe canalele noastre de social media, ca să fii la curent cu noutățile editoriale și cu știri despre scriitorii și cărțile **NEMIRA**

Website

facebook

Instagram

BLOG NEMIRA

Audiobooks

Podcast

Postează ce mai citești și intră în comunitatea noastră:

#EdituraNemira
#PlăcereaLecturii